Guy Rechenmann

À la place de l'autre

Du Noir au Sud
est une collection des Éditions Cairn
dirigée par G.D. Noguès

Du Noir au Sud est une collection de polars qui nous transporte dans le Sud, ses villes, ses villages, à la découverte des habitants, de leurs traditions, leurs secrets.
Son ambition : dessiner, au fil des ouvrages, un portrait d'ensemble de la région, noirci à coups de plumes tantôt historiques, ou humanistes, parfois teintées d'humour, mais où crimes et intrigues ont toujours le rôle principal.

Illustration de la couverture : © Djebel
Photos : 123RF : Avesun.

Les éditions Cairn bénéficient du soutien de la DRAC
et de la Région Nouvelle-Aquitaine
ISBN : 978-2-35068-933-3/ISSN : 2275-2331

Guy Rechenmann

À la place de l'autre

cairn

Du même auteur :

Même le scorpion pleure
Flic de papier
Fausse note
Une étoile en enfer

« C'est comme l'intelligence, la folie, tu sais.
On ne peut pas l'expliquer. Tout comme l'intelligence.
Elle vous arrive dessus, elle vous remplit
et alors on la comprend. Mais, quand elle vous quitte,
on ne peut plus la comprendre du tout. »
Marguerite Duras, *Hiroshima mon amour*

À toutes les drôles de vies...

Avis au lecteur

Entre personnages réels et ceux issus de l'imagination, la frontière est invisible pour qui veut ne pas la voir.

Bienvenue dans le royaume d'Anselme Viloc, un flic fragile et délicat comme le papier, qui a l'art de dégoter une aiguille dans une botte de foin…

Moi Anselme Viloc, alias le *Flic de papier,* je suis inspecteur de police. Je viens de Savoie, Chambéry pour être précis, où j'ai mes racines. Il y a cinq années déjà, en 1988, à la suite d'une mutation, j'ai eu le bonheur de découvrir le bassin d'Arcachon. J'y suis arrivé en piteux état, après un drame familial, plus précisément une catastrophe à ramifications sentimentales. Depuis, je m'y sens bien, sur ce Bassin, cette terre entre le ciel et l'eau. Ce pays m'a régénéré justement grâce à son étendue d'eau, proche par bien des aspects de mon lac du Bourget, et me voilà maintenant accroché viscéralement à ma nouvelle terre d'adoption. Elle m'a offert un deuxième souffle et j'y ai vu s'aiguiser ma perspicacité à dénicher des détails insignifiants lors d'affaires compliquées. Bien sûr, au commissariat Castéja à Bordeaux, je passe pour l'original de service avec mon « bureau des rêves » comme l'a surnommé mon boss, le commissaire Plaziat, mais finalement ce n'est pas pour me déplaire, car j'ai ainsi la chance d'avoir une certaine latitude dans mes investigations.

Ici j'ai pu m'intégrer, trouver ma place grâce aux personnes que j'ai rencontrées; David, un patron de restaurant, doté d'un irréprochable bon sens terrien, Médocain pour être exact, et d'une fidélité en amitié indéfectible et puis Lily, un amour de petite fille brune surdouée, qui par sa seule réflexion m'oblige à me poser les bonnes questions. Ces deux-là forment, avec moi, le trépied indispensable à la résolution d'enquêtes improbables. Improbables dans leur conception, mais aussi dans leur dénouement où souvent, comme j'ai pu le remarquer, interviennent bizarrement un ou plusieurs chats. Et puis, il y a mes femmes, Sylvia, Noémie et Solange… Sans oublier Jérémy Loiseul mon fidèle et précieux adjoint affublé d'un léger zozotement, ce qui serait apparemment un atout le rendant plus sympathique lorsqu'il enquête.

Prologue

« Grand-mère aimerait tellement vous entendre... »

Le ton implorant de la jeune femme aux yeux rougis ne laisse pas de glace le musicien.

Pourtant il aurait dû...

Le thermomètre affiche trois degrés en dessous de zéro et, devant l'église de campagne de style roman, l'artiste a froid, très froid... ses mains opteraient plus pour le contact d'une chaufferette que pour la prolongation d'une prestation musicale déjà pénible. Dans la lumière salie par un vitrail hors d'âge et sous un chauffage à gaz défaillant, il vient de jouer du violon pour l'enterrement d'un gamin, ce ne fut pas une partie de plaisir. Alors, faire sonner à nouveau des triolets déchirants devant une grand-mère dévastée s'annonce difficile, il le pressent. Quoi qu'il en soit, il ne peut plus reculer, mais l'idée de consoler une vieille femme impotente chavirée par le malheur ne le rebute pas. Elle ne s'est pas rendue à l'église pour accompagner une dernière fois son arrière-petit-fils, cela lui est impossible. Déduction logique, l'artiste fera un effort, il sera à l'intérieur, au chaud, du moins il l'imagine. Il a dit oui à la jeune femme de trente ans écorchée vive par la perte d'un enfant de quatre ans et demi.

Les rares bigotes présentes à la cérémonie s'éloignent, seules ou par deux, en se tenant le bras, boitant pour la plupart, courbées par le malheur des autres. Ces vieilles prennent des mines de circonstance et viennent passer quelques instants dans ce frigidaire, en quelque sorte, ça les conserve encore un peu. Personne de la famille n'a fait le déplacement et pour cause. Je suis là, seul sur le parvis du monument du douzième siècle, non loin de la massive voûte cintrée surplombant un portail d'entrée éclairé par un frileux soleil d'hiver. J'entends la supplication de la jeune femme et je m'étonne. Ou plutôt non, je ne suis pas surpris par cette requête incongrue. Le docteur Angot murmure quelques mots à l'oreille du musicien en l'écartant de la femme en deuil. Le violoniste lève des yeux implorants vers un ciel grisonnant à l'image de son humeur. Il jouera à l'extérieur, devant une tombe, lieu de villégiature de la grand-mère.

Il ne faut pas contrarier Marina et pourtant « elle va de mieux en mieux » m'a confirmé le toubib avant la cérémonie.

J'ai appris à la connaître depuis que le destin l'a mise sur mon chemin.

Plus de trois mois déjà. Une rencontre à la fois banale et peu commune. Sur la plage. Lorsque je la croise une première fois, elle est assise en tailleur, le buste droit, svelte, serrée dans un survêtement noir. La fine silhouette est harmonieuse, surmontée d'une longue crinière sombre accompagnant avec souplesse les toussotements du vent comme le font les jeunes chevelures, sans hésitation. C'était fin septembre de l'année dernière et je baladais le petit épagneul de mes voisins de cabane au Canon ; ils s'étaient absentés pour la semaine. Il est tôt ce lundi 21 septembre, très tôt. J'ai pris ma journée après un week-end agité par le référendum sur Maastricht. Je m'étonne de rencontrer une âme qui vive à sept heures moins le quart. La plage près de la Pointe est déserte, à part elle et ce qui ressemble à un duvet à ses côtés. À pareille heure, pieds-rouges et puces de mer dorment encore. Il fait frais, l'océan s'étire sous sa couette froissée, mais l'été ne joue plus les prolongations malgré un ciel paisible, zébré de nuages roses. Dans une lumière timide, la jeune yogi, impassible, attire mon attention, plantée dans la pente de la dune vive, mais après tout, chacun vit sa vie et passer une nuit sur la plage, pourquoi pas ? Je reste à une distance respectable de l'inconnue pour ne pas perturber ce que je prends pour de la méditation quand Jipsy, intriguée elle aussi, s'en va renifler l'icône pétrifiée. La jeune femme ne bouge pas. Je distingue ses yeux ouverts. Leur couleur ? Je ne peux le dire, je suis trop loin. Ils fixent l'océan. Tiens, me dis-je, elle est vraiment dans son truc, et je passe mon chemin. Non loin d'elle, vestige de l'occupation allemande, un blockhaus en bascule, dévalant l'abrupt de la dune comme s'il voulait rejoindre les autres, tagués pour la plupart et qui font figure d'oreillers, balancés là, épars, par une nuit d'insomnie. Si seulement cela n'était qu'une mauvaise nuit.

L'épagneul a besoin de galoper, surtout Jipsy, bécassière de talent rompue à presque toutes les ruses de la mordorée, oiseau expert en facétie. La nature a horreur du vide et être enfermé entre quatre murs n'est dans la nature ni de l'homme ni des bêtes. Non pas que ma cabane au bord de l'eau sente le renfermé, mais j'ai, à l'instar de Jipsy, besoin de me dégourdir les jambes, alors, avant que la nuit ne tombe, je profite de la marée basse et des grands espaces pour retourner avec la chienne trottiner sur le sable compact. D'humeur ronchonne à cause d'un travail trop routinier, Sylvia m'a en quelque sorte fichu dehors en fin d'après-midi et conseillé d'aller passer ma mauvaise humeur près des baïnes. Elle a raison, une fois de plus, l'apanage des épouses sans doute, car je suis heureux sur ce bout de presqu'île, à toucher le banc d'Arguin seulement séparé par une passe nord, calme ce soir-là. J'arpente le trajet identique à celui du matin et, en me retournant, je n'aperçois que les traces de mes tennis, éphémère ruban en pointillé sur le sable brun. Personne à l'horizon, ni devant ni derrière. La chienne, elle, fait des zigzags à n'en plus finir, allant du cordon de dune à l'eau, de l'escalade entre pourpiers de mer et liserons à la baignade improvisée dans l'écume. « Une certaine forme de sérénité » je me plais à penser, respirant à pleins poumons l'air salé à me faire imploser de bien-être la cage thoracique quand, au détour du bunker le plus incliné, bientôt les pieds dans l'eau, je crois apercevoir la silhouette du matin, noire, droite, immobile... inquiétante. J'hésite une poignée de secondes, pensant que nos moments de méditation et de défoulement physique coïncident, mais, troublé par cette concomitance, en bon policier, je décide d'infléchir ma course de joggeur vers la piste en ciment, en haut, sur la dune blanche, à moitié recouverte de sable, bien frêle en comparaison de la masse de béton inclinée protégeant la yogi des vents impétueux. La foulée se raccourcit dans le sable mou et, hors d'haleine, je m'agenouille devant une statue au regard vide.

« Madame, vous allez bien ? »

Non, visiblement la dame ne va pas bien et il me faut à la fois toute ma force de persuasion et ma force tout court pour l'arracher à sa transe hypnotique. Cela m'a pris du temps, le soleil était bas lorsque je l'ai installée dans ma voiture.

Le surlendemain, au CHU de Bordeaux, le professeur de neurologie Jean-Marc Arzuelos prend en charge « La yogi de la Pointe » comme ils la nomment désormais dans le service. Le spécialiste aura besoin de temps et, après un premier contact, une visite à la case psychiatrie ne lui semble pas superflue. L'avis d'un expert à qui la suite des événements ne donnera pas tort...

L'Énigme

-1-

« Dites-moi, Viloc, vous êtes bien “Le” spécialiste de la disparition, non ? Alors qu'est-ce que vous nous foutez une timbrée sur les bras ? Une foldingo amnésique et, pour faciliter l'affaire, pas un papier sur elle… ni dans son sac, et reprenez-moi si je me trompe, seuls un pull-over noir, trois kleenex, une paire de lunettes de soleil version 1970, un porte-monnaie avec un billet et quelques pièces, une demi-douzaine d'épingles à cheveux et une clef, unique, qui doit correspondre à une serrure, mais laquelle et où ? Ça, c'est une autre question… L'affaire du siècle, Viloc. Pas de plainte, pas de corps, rien… juste une émanation d'intuition, une sorte d'archéologie préventive. C'est nouveau, pour le dépaysement sans doute. Une nouvelle approche du métier ? Envie de changer d'air ?... »

Ces mots empreints d'une tendresse infinie et d'une spontanéité affichée émanent de mon boss, le commissaire Plaziat en personne, plutôt grincheux en la circonstance. Castéja tremble pendant la diatribe. Les longs couloirs aux suaves odeurs de pastis et de pieds retiennent leur respiration et il me semble soudain que mes Bata mériteraient un coup de cirage, quant à Jérémy, mon adjoint zozoteur, les yeux au ciel, il se verrait bien remettre une couche de Ripolin au plafond, la couleur ? Bof, on verra plus tard. L'heure n'est pas à la rigolade. J'attends cependant que l'orage s'éloigne et demande à Jupiter de m'accorder son attention deux minutes. Penaud, j'argumente. Je mets d'abord en avant la nouveauté et l'originalité de l'affaire et, si mon intuition ne me trahit pas, je poursuis : « Une fin déroutante à une entrée en matière peu commune ne me surprendrait guère. » Puis j'insiste sur la spécificité de mon poste, à savoir, les causes perdues, et sur la dénomination de mon bureau, *le bureau des rêves*, pourquoi pas des cauchemars ? Je termine en avançant l'argument massue arraché des lèvres collées du discret professeur Arzuelos :

« Je ne peux rien dire en l'état actuel des choses si ce n'est que ce sera long, m'a précisé hier soir le clinicien – il hésite. Il faut d'abord essayer de l'identifier puis faire une série de tests, mais ce que je peux vous confier à vous et à vous seul en tant que policier, c'est qu'elle ne cesse de répéter : "Je sais où est mon fils, je sais où il est." Or, chose troublante, suite à la demande de la police d'un examen sur d'éventuels coups et blessures reçus ou sur un viol, la femme en question n'a jamais accouché puisque vierge. Le mystère s'épaissit, a-t-il murmuré en guise de conclusion. »

Plaziat me fixe. Je vois sa pensée virevolter dans l'iris de son œil clair. Une mouche vole.

« Il y aurait donc disparition... mouais... enfin peut-être... »

Là où d'autres, dans le temps, levaient le pouce, le commissaire principal, lui, se gratte d'abord le menton avec sa main gauche puis passe la main droite sur son crâne d'œuf du front vers la nuque... un tic, mais un tic... d'approbation.

« Vous avez retrouvé votre intuition, Viloc ? À la bonne heure », dit-il d'une voix maintenant apaisée.

Puis il poursuit en prenant son temps : « Vous devez connaître alors la réflexion de notre Victor Hugo national : "C'est parce que l'intuition est surhumaine qu'il faut la croire ; c'est parce qu'elle est mystérieuse qu'il faut l'écouter ; c'est parce qu'elle semble obscure qu'elle est lumineuse". »

Il s'arrête, me regarde de bas en haut.

« Dites-moi, vous êtes un drôle de gaillard. Vous êtes *légèrement improbable* comme disait je ne sais plus qui. D'abord vous prenez la déposition d'un rêve ou d'un cauchemar, c'est selon, et aujourd'hui vous faites encore plus fort, car, je me répète, il n'y a ni déposition, ni plainte, ni corps, enfin rien du tout, seulement une illuminée sur une plage, débitant une litanie. Comprenez-moi, Viloc, vous êtes dur à suivre... vous savez aussi bien que moi que l'onirique est à la police ce que la franchise est à la politique. Cependant, je dois l'avouer, vous avez fait du bon boulot avec la petite Frontjoie et le ferrailleur dément[1], une vraie performance (il fait une pause). Je vous laisse un mois, allez, j'attends votre rapport... Filez... »

Les rapports, pour moi... pff... tout le monde le sait... une plaisanterie. J'ai gagné la première manche.

Ce soir-là, au Canon, dans ma cabane au bord de l'eau, je suis serein. Cette histoire de nana perdue dans je ne sais quels méandres psychiques ou psychologiques m'inspire. Pourquoi ? Je ne sais trop le dire. Ma propre histoire de fils abandonné ? Mon enfance gâchée entre plusieurs familles d'accueil ? Mon angoisse de la solitude, l'enfer quand j'ai cru avoir perdu mes deux amours, il y a longtemps aujourd'hui ? Moi, je ne savais pas où elles se trouvaient alors qu'elle, elle sait où se cache son fils. Enfin, nous pensons qu'elle sait effectivement où se cache ce fils qu'elle n'a jamais eu. D'où l'importance de la définition du verbe savoir : connaître ou avoir en mémoire. Oui, mais sa mémoire est-elle ou non accessible à la conscience ? Telle est la question. Il y a plus simple comme situation. Alors... Vierge Marie, enfant adopté, volé ou simplement mythomanie ?

Ma femme Sylvia, pour sa part, se réjouit de ce sursaut d'intérêt, car depuis un bon mois je lui mène la vie dure : l'inaction et la routine ne sont pas bonnes compagnes.

---

1 Voir du même auteur, *Fausse note*, collection Du Noir au Sud, éditions Cairn, 2019.

Devant nous, glissant sur notre familier miroir d'eau, les rayons rasants du soleil de septembre ajoutent à la quiétude du moment. La nuit s'annonce, la fraîcheur s'installe, il est temps de descendre la toile. Ma réflexion est en marche. Demain sera un autre jour…

L'ÉNIGME

-2-

En marcel blanc immaculé, la grande baraque au nez épaté reconnaît la femme dont la photo paraît dans le journal *Sud Ouest* ce matin. Jim le Noir est un garçon fiable : le bus Citram qu'il pilotait depuis la gare Centrale de la rue Fondaudège à Bordeaux jusqu'à la presqu'île du Cap-Ferret le dimanche 20 septembre a bien pris en charge l'inconnue. Il en est certain, en plus c'était il n'y a pas longtemps. Le bus s'est vidé à Andernos centre et elle a été la seule à monter avenue de Bordeaux. La femme sort de l'ordinaire, Jim le Noir ne se trompe jamais. Jeune et jolie, dotée d'une longue chevelure auburn retenue en chignon, regard noisette derrière de larges lunettes de soleil désuètes, elle a dû les ôter pour chercher l'appoint dans son porte-monnaie, Jim la suppose myope. Le chauffeur la dévisage d'autant plus facilement qu'elle est la seule dans le bus et que son goût pour le sexe faible a bâti sa réputation. Elle portait, sur une veste noire, un sac à dos d'où s'échappait un duvet beige clair. Le grand Black aux biceps proéminents, Ivoirien d'origine, est vexé ; il n'a pas pu lui arracher une seule syllabe. Il s'en souviendra longtemps, lui, Jim, le tombeur de ces dames, le prince du baratin, le roi de la braguette, car accessoirement batteur de jazz, « à l'r près » s'amuse-t-il. « Muette comme une carpe, elle s'est blottie au fond du bus » et « en plus elle faisait la gueule », insiste le quinquagénaire athlétique à la chevelure crépue et à l'œil coquin, mais « elle savait où elle allait », conclut-il dans un grand sourire dont seuls les Africains ont le secret. Son appétence aux courbes gracieuses et surtout la veste qu'il a prise ce dimanche matin en n'ayant pas la nana habituelle à côté du chauffeur nous permet d'établir un premier emploi du temps de l'inconnue de la ligne 601. Elle viendrait d'Andernos ou de ses environs immédiats.

« Ce n'est pas grand-chose comme indice », marmonne Jérémy. Certes, mais un moustique écrasé contre un mur, contenant le sang de la victime, a déjà contribué à la résolution d'un crime, alors ! Voilà notre Jérémy, de moins en moins zozoteur grâce aux cours de Solange, en train de faire le VRP dans tous les commerces de proximité de ce fond du Bassin, muni de son sésame de policier et d'une photo récente de l'inconnue. À l'issue de ses premières investigations, de deux choses l'une, ou le fameux adage « connais-toi toi-même » est un défi et dans ce cas, connaître ou simplement reconnaître l'autre tient des *Coulisses de l'exploit*. Ou alors « la yogi de la Pointe » est une personne étrangère à l'endroit, hypothèse peu probable aux dires de Jim le Noir considérant la démarche assurée de la jeune femme à sa descente du bus ; comme si elle connaissait parfaitement le coin.

Tel est le sentiment de Jérémy au début de sa troisième journée de prospection. Regarder avec empathie son voisin serait donc devenu une sorte de cancer social, une espèce de peur de l'intrusion dans une routine rancie ? s'interroge-t-il. Consciencieux et déterminé, il élargit cependant le cercle des recherches aux administrations locales, campings, salles des fêtes et autres médiathèques. Si cette fille habite dans le coin, il le saura.

Une semaine après sa découverte, elle est toujours pétrifiée, quasiment muette dans l'unité neurologique de l'hôpital Pellegrin, chambre 112, répétant ses propos sur ce fils disparu, rajoutant cependant comme effrayée : « c'était le 21, c'était le 21 ». Le 21 quoi ? Septembre, du moins nous le supposons. Mis à part la saint Matthieu à fêter et le jour « des récompenses » dans le calendrier républicain à proclamer, *quid* de ce 21 ? C'est aussi la journée mondiale d'Alzheimer… affection peut-être prématurée pour notre patiente. À moins que ce ne soit le 21 de n'importe quel mois ? J'écarte cette hypothèse dans un premier temps ; j'ai recueilli la mutique un

21 septembre. L'aiguille dans la botte de foin prend à nouveau tout son sens, j'en ai l'habitude. J'aime les chiffres, en principe ils m'inspirent, je me rappelle encore du quarté de Pierre Dortel 14-11-5-3[2] il y a plus de quatre ans. Je vais aller fouiller dans les archives, au sous-sol. Déjà que Castéja en pleine lumière refroidit les ardeurs des plus véhémentes sociétés de nettoyage, alors Castéja sous terre et ses immenses caves éclairées par de faiblards filaments en bout de douilles n'attise ni la curiosité ni l'encombrement. L'amnésique a peu ou prou trente ans, je ne vais donc pas remonter à la nuit des temps pour effectuer les recherches. Je choisis d'adopter la technique du *decrescendo* et de commencer par le début, l'année dernière, 1991, mois de septembre. J'espère que l'auberge ne ferme pas entre midi et deux, car je ne suis pas près d'en sortir, sauf miracle. C'est parti, voyons voir… le dossier est épais, il a déjà l'odeur de l'archive, une odeur de vieille fille, caractéristique du lieu et, dès l'ouverture de la couverture bleu marine, s'échappe des feuillets une fine poussière grise. Sur un simple banc en bois patiné, mal assis, je tourne les pages… 21 septembre 1991, j'y suis.

Il est huit heures quarante-cinq, mardi 29 septembre 1992.

---

2 Voir du même auteur, *Flic de papier*, dans la même collection, 2018.

L'ÉNIGME

-3-

Le chou blanc est le légume commun aux recherches aléatoires. C'est la règle. Jérémy n'y coupe pas avec la photo de la jeune femme, de plus en plus énigmatique. De plus, les dix premières années d'archives fouillées par ma pomme n'apportent aucun éclairage sur l'identité de l'inconnue. Pour arranger les choses, les empreintes digitales de la belle ne sont pas répertoriées, ni dans notre région ni ailleurs, ça ne fait pas avancer le schmilblick.

La tête dans le sac, je rejoins ma tanière canonaise ce vendredi soir, la musique à fond la caisse dans ma cage de Faraday à roulettes. J'en ai pris l'habitude, Stéphane Grappelli et ses compères ne quittent plus le radiocassette depuis ma rencontre pourtant brutale avec le violon lors de l'affaire Frontjoie. J'ai néanmoins bifurqué sur le versant jazzy de l'instrument, plus dans mon *feeling*. Cette musique me pique les yeux et malgré un *Blue Moon* qui déménage, le virtuose français, accompagné par Martin Taylor à la guitare, n'arrive pas à placer ma réflexion dans le bon tempo, cette histoire m'agace au plus haut point, j'ai une impression de sable qui file entre les doigts. J'ai beau en ramasser de façon compulsive, il s'échappe inexorablement, rien ne le retient. En revanche, mon adjoint, lui, va être retenu. Je l'ai prévenu que nous poursuivrions la discussion durant le week-end ; des heures supplémentaires non payées en quelque sorte. Pourquoi le week-end ? À cause du scoop. Le scoop, il en faut bien un, pas une véritable surprise à vrai dire, Jérémy, tel le sable, file, lui aussi, mais dans un autre genre… à savoir le parfait amour avec la belle Solange, au Canon également, non loin de ma cabane au bord de l'eau. C'est une bonne nouvelle, car en plus de les distraire, j'apprécie d'avoir mon adjoint sous le coude et Lily, elle, de ne plus avoir sa mère sur le dos.

Ah, Lily et Solange, ces deux-là, tout un poème, on se demande qui est la mère de l'autre. En plus, au niveau intellectuel, il n'y a pas photo. Non que Solange soit une ravissante idiote, loin de là, mais la petite qui va sur ses douze ans est dotée d'une puissance de raisonnement hors du commun. Déjà petite enfant, lors de notre première rencontre sur le petit chemin de sous-bois tapissé de lichens, en bas de chez elle, dans les Vallons du Ferret, avec ses petites tresses et sa robe bayadère bleue, elle m'avait surpris par la justesse et l'à-propos de sa conversation pour une petite de sept ans ; il était déjà question d'au-delà et de réincarnation, son père venait de disparaître. Plus tard, vers les onze ans, les interrogations sur le bien et le mal, sur l'isolement et l'amour d'une vie se sont imposées, et aujourd'hui je ne doute pas de sa curiosité à propos de la folie et de la mémoire, consciente ou pas, à moins qu'elle ne retombe dans une sorte de normalité… apaisante, suis-je tenté de dire, car parfois, elle est coriace à suivre, mais je ne crois pas à cette éventualité. Son appétit de connaissance, sa facilité à retenir et à comprendre la moindre information font d'elle une sorte d'extraterrestre et j'ai la chance de l'avoir rencontrée. Penser qu'une gamine de sept ans allait me sortir d'une léthargie mélancolique déclenchée par la disparition de ma femme et de ma fille il y a maintenant plus de quatre années était du domaine de l'improbable ; elle a fait des miracles et si je suis resté basé dans ce coin du Bassin, la présence de Lily y est pour beaucoup. Ce type de personnes existe, la preuve, petites ou grandes, mais rarissimes, car intelligentes, fidèles, pertinentes et surtout dotées de bon sens.

Côté bon sens, il y a aussi David, le patron de *L'Escale*, le restaurant situé à Bélisaire, au Cap-Ferret, près du débarcadère et du fameux petit train ; « mon seul concurrent, c'est le paradis » se plaît à dire le Médocain d'origine et je confirme, un lieu de refuge quand le moral est en berne, un espace de réflexion avec cet homme à la fois pragmatique, il appelle un chat un chat, débonnaire et exigeant, avec les autres, mais aussi avec lui. David m'a guidé lors de ma période noire. Je découvrais l'endroit et les langues se délient difficilement dans un microcosme recueillant un étranger. L'homme est à l'image de son regard, direct et profond et surtout il n'a pas les fesses plates. Mon premier patron, à la sortie de l'école de police de Chambéry, le commissaire Sampeur, disait toujours : « Méfiez-vous des personnes qui ont les fesses plates, Viloc, ces gens vous plumeront, car leur postérieur ne possède pas de réserves », j'en tiens compte et soyez dorénavant indulgent si vous surprenez votre conjoint(e) à regarder les fesses des autres, c'est un réflexe d'autodéfense.

En ce qui me concerne, ces deux personnages ont inventé la surrésilience, c'est-à-dire une résilience, mais en mieux. J'ai en effet, non seulement récupéré mon bien-être initial d'avant la fusillade de Pringy[3], près d'Annecy, de sinistre mémoire, mais en plus, une sécurité intérieure et une reconnaissance par les autres complètent maintenant ma panoplie d'homo erectus. C'est appréciable dans mon métier. Seule l'intuition me joue encore des tours ; il faut bien une faiblesse, ça fait le bonheur des jaloux.

En attendant, moi, le super inspecteur Anselme Viloc, le spécialiste des disparitions non élucidées, l'ethnologue des courants d'air, je n'ai pas le cul sorti des ronces dans l'affaire d'une « amnésico-yogi »

3 Voir *Flic de papier*.

inconnue au bataillon et ce n'est pas en faisant la sieste sur ma barque bleue accrochée à un pignot que je résoudrai la quadrature du cercle, à moins que des embruns envoyés par Neptune ne me réveillent et m'inspirent.

L'ÉNIGME

-4-

Yoyo, c'est le surnom donné par Lily à la belle inconnue. Lily et son don du raccourci, Lily et son pragmatisme, Lily et son sens de la déduction, bien souvent une évidence après coup.

« Elle est peut-être amnésique la mère Yoyo, commence la gamine, Tomy, son chat, sur les genoux, pourtant elle a su se rendre à l'arrêt de bus, payer comme une grande, descendre là où elle le souhaitait et se *piter* sur site en connaissance de cause. Après, qu'elle ait déraillé, c'est probable, mais le lieu, c'est-à-dire la plage, doit avoir quelque chose à voir, ou alors c'est l'air du large qui l'a déglinguée et là, t'es pas sorti de l'auberge. »

Elle replonge sa frimousse dans le grand bol de chocolat qui a eu le temps de tiédir sur la terrasse pendant son discours, avant de reprendre, sitôt l'ultime gorgée avalée :

« Tu sais, chaque fois que je passe avec maman sur le petit chemin en bas de la maison, à l'emplacement du gros pin, là où on a trouvé papa – elle montre l'endroit du menton – oui, je disais à chaque fois qu'on passe par là… je sens maman quitter le présent, blêmir, partir dans les souvenirs, les yeux ailleurs et nulle part… alors, je lui prends la main, une main froide et molle, que je masse doucement un peu comme un massage cardiaque, pour l'irriguer, la réchauffer et sentir à nouveau un battement de vie. La différence avec Yoyo, c'est que nous connaissons, hélas, l'épilogue de notre drame, elle, sans doute non. Elle ne connaît pas le sien, elle est irrécupérable en l'état actuel des choses… enfin, à mon avis. Mais, Anselme, y a-t-il seulement un drame ? Car tu sais ou tu ne le sais pas, l'amnésie peut revêtir plusieurs formes. Depuis que tu es sur l'affaire, je me suis renseignée sur l'amnésie (elle caresse le chat de plus belle) et j'ai appris qu'elle pouvait être rétrograde, antérograde, lacunaire, partielle, temporaire ou traumatique… et dans chacun des types il existe des variantes en fonction de la zone ou des zones cérébrales touchées, alors bon courage, de toute façon je suppose que ton professeur Laluzernos ou je sais pas quoi va t'expliquer tout ça mieux que moi. Finalement, nous sommes tous plus ou moins amnésiques en fonction de ce qui nous arrange, tu ne crois pas ? »

L'expression interrogative de ses grands yeux noirs en accord avec, à la fois, le chat et le maquillage de chocolat chevauchant la lèvre supérieure, appelle une réponse immédiate. Et pourtant, je ne suis pas venu ce matin dans les Vallons pour parler médecine ni pour philosopher, juste pour discuter avec Jérémy de la façon la plus habile de retrouver l'identité de l'inconnue. Oui, mais voilà, je suis là trop tôt, les deux amoureux sont encore dans les bras de Morphée… dans le pire des cas… et je suis tombé sur Lily, Lily la curieuse, Lily l'exploratrice en tout genre. Je ne m'en plains pas, mais impossible de me dérober :

« Il y a des choses que l'on ne peut jamais oublier, Lily. La mémoire est une maison avec des fenêtres équipées de volets. Si tu ouvres ou fermes les carreaux en fonction de la température ambiante, les rayons du jour et la prégnance de tes souvenirs auront toujours un accès facile ; en revanche, si tu clos le volet plein, la clarté ne rentrera plus, ni celle du soleil ni celle de ta mémoire. Chacun d'entre nous possède une maison différente, vaste ou de volume réduit, une sorte de lutte des classes, mais le jour où tous les battants seront plaqués par une main invisible, là nous serons tous logés à la même enseigne, éteints, confrontés à l'obscurité, impuissants devant la maladie malgré quelques rares fissures dans les murs dues aux médicaments, lumières d'un espoir vain. Alors, pour répondre à ta question, oui, nous sommes amnésiques quand ça nous arrange, si le soleil me gêne, je vais fermer un volet, mais, serein, je sais qu'une simple poussée suffira à le rouvrir. »

Une rafale de vent du sud décoiffe mes rares mèches, ça la fait rire… elle rebondit aussitôt :

« Ferme plutôt la porte, y a des courants d'air. »

Elle s'esclaffe à nouveau, le chat vocalise et leurs sonorités se perdent dans la nature proche, sans émouvoir en rien les amoureux blottis.

L'ÉNIGME

-5-

J'ai compris depuis longtemps que mes compétences de flic se limitent à l'écoute et aux rapports, écrits les rapports, différents de ceux que Jérémy expérimente actuellement. Plus sérieusement, être à l'écoute de l'autre englobe observation, patience et humilité. Je n'utilise jamais ma petite carte de flic comme un sésame de droit divin, non, je respecte les gens et prends le temps de les considérer sous leurs divers aspects : on ne sait jamais sur qui on tombe, peut-être un héros, peut-être une crapule, un jugement à l'emporte-pièce ne rentre pas dans mes compétences. L'empressement, la spontanéité sont des aimants pour l'intuition, elle a besoin de nerf, de vivacité, presque de génie pour être efficiente, qualités qui n'ont pas été cochées sur mon carnet de naissance par une fée bien radine en charge de ma petite personne. Dès lors je compose, je contemple, je prête l'oreille et si je ne pige pas tout, je demande que l'on m'explique à nouveau.

Et ce matin j'aimerais que Jérémy m'explique pourquoi le cliché de cette femme avec ses longs cheveux auburn et ses yeux noisette caractéristiques ne parle à quiconque, n'évoque rien à personne dans les environs. Comme Yoyo, appelons-la Yoyo, semble engagée dans une amnésie sans date butoir, il devient indispensable de l'identifier. La photo a été diffusée sur tout le territoire, sans succès. Une photo, rien qu'une photo pour, qui sait, pouvoir creuser jusque dans les racines les plus profondes d'une histoire tragique, ou plus simplement être confronté à la folie ordinaire. Une photo, rien qu'une photo pour, qui sait, faire remonter des souvenirs douloureux ou simplement être confronté à une farce commune. Qui peut le savoir? Apparemment personne. Et j'ai beau l'observer dans sa chambre d'hôpital, au numéro 112, je ne vois qu'un visage lisse et livide, copie d'un masque de Pierrot.

Dépenaillée, les cheveux en désordre, la silhouette de Jérémy se dévoile enfin derrière la baie vitrée. Des yeux atones ourlés de cernes me font comprendre que de discussion, il n'y en aura pas, du moins dans l'immédiat. Il est pompé, le garçon qui apparaît entre ombres et lumière sur la vaste terrasse en pin, je lui conseillerais presque d'aller se recoucher ou de porter des lunettes de soleil tant sa mine est défaite, défigurée par la vitesse, un paradoxe au vu de la durée de sa performance. Le marathonien caresse les cheveux de

Lily, tapote le museau de Tomy et s'assoit lourdement sur la chaise en teck. Un clin d'œil complice éclaire son visage lorsqu'il ingurgite dans la foulée et d'un trait, un grand verre d'eau. Une fois l'opération accomplie il se penche vers moi et enfin, me gratifie d'un discret :

« Salut boss, z'en peux plus (il se ressert de l'eau) et ce n'est que le début du week-end (il soupire). »

Il zozote encore l'animal malgré les soi-disant cours que lui délivre sa dulcinée. Mon « je vais te plaindre » le fait rire, ainsi que Lily qui n'a ni les yeux ni les oreilles dans sa poche, ce serait lui faire injure. Solange, l'objet du délit, n'osant pas se montrer, j'embrasse Lily, pince l'épaule de mon équipier et le convie à passer à la cabane dans l'après-midi, « avant la sieste » de préférence, « on va discuter sérieusement, et ça tombe bien, David doit passer aussi, il a des emmerdes au resto avec une bande de voyous de Bordeaux, il nous donnera son avis sur l'affaire, sait-on jamais, le bon sens médocain ! »

L'ÉNIGME

-6-

La patiente présente une altération du fonctionnement des structures cérébrales qui sous-tendent la mémoire. Compte tenu des examens spécifiques, je peux dire que cette altération n'est pas liée à des maladies dégénératives comme la maladie d'Alzheimer ou encore l'encéphalite herpétique. Il n'est pas question non plus de la résultante d'un traumatisme crânien. L'ictus amnésique ainsi que la crise d'épilepsie sont également à écarter dans le cas concerné. La prise de médicaments, notamment des anticholinergiques, est aussi une piste à éliminer. En revanche, des troubles psychiques peuvent être à l'origine de ce désordre. Une amnésie psychogène pourrait résulter d'un stress post-traumatique suite à une agression de nature à déterminer. En effet, la piste d'un traumatisme psychologique est à explorer vu la répétition des phrases « je sais où est mon fils, je sais où il est » et « c'était le 21, c'était le 21 ». Je rappelle que la femme concernée n'a jamais enfanté et que son affirmation ne peut donc pas s'appliquer à elle, mais à une tierce personne, étrangère ou de son entourage actuel, ou pourquoi pas, plus ancien. La patiente se nourrit convenablement, fait ses nuits, cependant sans quitter son syndrome amnésique. Nous poursuivons les investigations.

Professeur Jean-Marc Arzuelos.

À force de le lire et de le relire, le bout de papier est maintenant froissé. Ce rapport est un casse-tête. Je tente de lire entre les lignes, de m'infiltrer dans l'hypothétique chaos, de chercher un point d'accroche, enfin quelque chose, un infime détail qui me permettrait de poursuivre mon enquête. Du mois de sursis laissé par le boss, il ne reste plus que peau de chagrin, mais pas question de laisser tomber l'affaire.

Devant le Bassin calme, étonnamment adouci par un vent du sud, le swing de Svend Asmussen accompagne ma réflexion, mais le rythme du violoniste de jazz danois cadence plus volontiers les coups de rame de quatre gaillards décidés croisant devant *Samsuffit*, en yolette, qu'il ne débloque mes petites cellules grises dans le discernement d'un embryon d'indice. Claouey et son club d'aviron ne sont plus très loin, la marée descend, les rameurs se sont fait surprendre, d'où la fréquence des coups d'aviron. Ma solution est, qui sait, à des années-lumière et j'ai beau réfléchir…

David est posé sur une chaise longue depuis vingt minutes. Je l'ai rassuré sur la fameuse bande à Riton qui vient l'intimider dans son établissement :

« On va les calmer, dès lundi, je mets en place une descente chez les meneurs, on les connaît et tout ça se réglera vite, tu verras. »

Sa tasse de café, vide, trône, entre des coquillages séchés, sur la table basse, quand Jérémy pointe enfin son nez chaussé des fameuses lunettes de soleil envisagées plus tôt dans la matinée. Son allure nonchalante dévoile une aptitude à la récupération plutôt faiblarde, à moins qu'il n'ait remis le couvert : Lady Chatterley serait-elle plus qu'un mythe ? David, surpris, le dévisage et se lève d'un bond. Il l'accueille en l'étreignant comme une star, rapport, sans doute, à son look hollywoodien :

« Ah ! mon vieux Jérémy, tu viens de me donner une idée. Tu ressembles à Delon dans *La piscine* avec tes carreaux fumés. Anselme m'a raconté l'histoire étrange sur laquelle vous enquêtez... pas simple... mais en te voyant, j'ai un flash. Oh, c'est peut-être ridicule, ça vaut ce que ça vaut, mais après tout, pourquoi pas... C'est rapport à l'identification de la nana amnésique. Tu vas, enfin vous allez comprendre. Si cette femme n'est reconnaissable de personne alors que tout laisse à croire qu'elle habite ou évolue dans le coin, alors c'est qu'elle est habituellement différente de la photo publiée dans les journaux et dans les commissariats sur tout le territoire. Vous me suivez ? (il fait tourner son index près de sa tempe en signe de réflexion). *Capito* ? Ce sont les lunettes de soleil qui m'y ont fait penser... De plus, tu m'as bien dit, Anselme, qu'on avait retrouvé une demi-douzaine d'épingles à cheveux dans son sac et que ton chauffeur de bus a remarqué son chignon quand elle est montée à Andernos… alors je sais pas, mais moi, je ferais paraître une nouvelle photo de l'inconnue coiffée d'un chignon et portant ses lunettes de soleil. C'est peut-être le look qu'elle adopte chaque fois qu'elle sort, et si c'est le cas, vous allez vite le savoir… enfin à mon avis. »

Je trouve l'idée excellente, un coup de fil à Castéja, le photographe ira dès qu'il le peut. Pour le chignon, il se débrouillera avec les infirmières.

Marina

-1-

La photo prise n'a rien à voir avec celle diffusée via la presse et envoyée dans les différents commissariats quelques jours plus tôt. Une diva, une star de cinéma, le nouveau cliché fait penser à une égérie des années 60 et plus particulièrement à la lumineuse Audrey Hepburn dans *Diamants sur canapé* (*Breakfast at Tiffany's*). La plupart des gens de ma génération ont dans la tête une jolie brune déambulant dans Manhattan, rehaussée de son chignon mythique en forme de banane gonflée et dont le joli petit nez droit est presque entièrement dévoré par une large paire de lunettes de soleil aux branches hautes et épaisses.

Un vrai coup de chapeau aux infirmières, car en plus de leur job, elles savent y faire en matière de coiffure et de maquillage. Esthétiquement parlant, c'est une vraie réussite, reste à savoir si le nouvel aspect de notre amie Yoyo va inspirer le lecteur de quotidien attentif à ce deuxième avis de recherche.

Comme le supposait David, on l'a su vite.

Une bonne dizaine d'appels identifient la jeune femme habitant dans le village de Taussat, proche d'Andernos, dans le cœur du Bassin. Elle louerait depuis peu de temps une maison dans une voie parallèle à la seule rue commerçante, l'allée Gabrielle, au numéro 4, et s'appellerait madame Decosse. Hors de question d'ordonner une perquise, pour quel motif? Jérémy va se rapprocher du propriétaire taussatais pour en savoir plus et essaiera de trouver des informations sur les Decosse de la région. Si besoin est, on demandera au juge la permission de rechercher des documents au domicile de l'inconnue en présence et avec l'accord du propriétaire. Et pendant que mon adjoint commence son investigation, je poursuis de mon côté mon travail de fourmi sur la litanie des 21 septembre, toujours mal installé, au frais, dans les rayonnages poussiéreux des archives de Castéja.

Au final, ce moment d'archéologie policière me réjouit. Bizarre d'être happé par une pensée heureuse, seul, dans la pénombre, au millième sous-sol, en train d'éplucher des dossiers d'un autre temps. La précision et le nombre de PV commis en une seule journée dans un secteur somme toute limité, voilà la raison de mon bonheur éphémère. Impressionnant. Un sentiment de fierté me titille l'ego en observant ces rapports détaillés et je ne cesse de louer la patience et l'application de ces fonctionnaires assidus. Alors, bravo mesdames et messieurs, car je sais de quoi je parle, Antoine, mon premier coéquipier du commissariat de Chambéry, m'avait affublé du patronyme de *Flic de papier* et ce en raison de la qualité de mes rapports. S'envoyer des fleurs de temps à autre est bon pour le moral et en l'état des choses, le mien doit absolument rester au beau fixe, mon petit doigt me susurrant que, dans ma nouvelle recherche, je n'ai pas fini de baver des rondelles de citron.

Regonflé à bloc, j'attaque l'année 79. Je lis: 21 septembre, trois heures du matin, tapage nocturne rue de la Rousselle au numéro 82 au motif de la célébration par des étudiants centrafricains de la chute de Bokassa 1er suite à l'infiltration d'un commando du Service Action sur l'aéroport de Bangui M'Poko, etc., tout ça est bien éloigné de ma préoccupation du moment. J'ôte mes lunettes, me frotte les yeux, je ressens des picotements. J'arrête, ce soir je suis crevé. Il faut changer cette foutue ampoule en verre dépoli, trop faible, je l'ai déjà dit... mais bon, le cerbère de service m'a envoyé péter. Il est presque dix-huit heures, le temps de rentrer, la météo annonce du vent et de fortes pluies sur la côte girondine. Je serai mieux chez moi à méditer sur cette intrigue baroque devant mon plan d'eau. Pas si plan que ça en l'occurrence, irrité lui aussi à sa façon et ce ne sont pas les croches de Joe Venuti mélangées à celles de la clarinette de Benny Goodman qui l'apaiseront.

Moi, si.

Marina

-2-

Un choc. Elle a dû subir un choc. La belle affaire. Qui n'a pas subi de choc dans sa putain de vie ? J'ai donné et je suis bien là. On a tous eu des coups durs, on en prend plein la tête sans pour autant tourner dingue ou amnésique. En avril 1920, le onzième président de la République française, Paul Deschanel, est devenu loufoque, après ou avant d'être tombé d'un train, on ne sait pas trop, mais cela reste anecdotique. Le professeur Arzuelos parle aussi d'hérédité, voire d'un symptôme transgénérationnel dans le cas de l'inconnue de la Pointe. Une sorte de gène familial. Sans tout à fait saisir les finesses du contenu, ce type de raisonnement me convient mieux et pourrait expliquer sa non-maternité et son emploi de l'imparfait dans le « c'était le 21 ». Encore faut-il trouver des ancêtres à l'étrange madame

Decosse et je me vois mal écumer tous les hôpitaux psychiatriques de la région à les rechercher et encore la région, dans le meilleur des cas.

Équilibre et harmonie, les maîtres mots de l'existence, du moins parmi ceux recherchés du plus grand nombre, jamais totalement définissables, des mots qui induiraient le fameux bonheur, lui aussi faisant partie de la famille des mythes. La différence ? L'un est individuel, l'équilibre ; chacun a une propension à le tenir plus ou moins longtemps avec ou sans artifice. L'autre, l'harmonie, est collectif ; dans une chorale de bon niveau, les deux ou trois qui ne chantent pas totalement juste ne remettent pas en cause l'harmonie du groupe, sans parler de la très éphémère harmonie du couple. Il faut savoir se cacher dans une communauté bien ordonnée, ne pas faire de vagues ou, à titre individuel, être présent au bon moment, au bon endroit, ce que l'on peut appeler une coïncidence opportuniste.

Yoyo a largué les amarres, elle flotte. Elle n'est ni planquée ni dans le calcul, elle a perdu équilibre et harmonie sans un *alter ego* à qui se raccrocher. Son seul lien avec le monde est cette énumération : « je sais où est mon fils, je sais où il est » suivi de « c'était le 21, c'était le 21 ». Elle n'est pas dans le concret, c'est évident, car, de fils, elle n'en a jamais eu, quant au 21, mystère ! Claquemuré dans mon antre austère, je continue à fouiner dans les registres jaunis pour avoir un embryon d'explication.

L'affaire me passionne, m'obnubile. À observer l'amnésique dans sa chambre d'hôpital, je décèle un visage amoché derrière le masque livide, un appel au secours qui peine à s'extirper d'une gorge nouée, un cri étouffé par des mains invisibles, des mains de fantôme, un fantôme ancien, sans doute, mais encore présent quelque part, et qui sait, ailleurs que dans sa tête. La jeune femme alitée semble ne pas me voir et pourtant elle regarde. Son esprit a basculé de l'autre côté de la normalité, de notre normalité. Sa conscience s'est déroutée du chenal balisé par la raison et sa mémoire s'est échouée sur un banc de sable, désorientée, tel un dauphin en fuite affolé devant un prédateur. Mais depuis quand et quel prédateur ? Pas depuis mille ans, elle n'aurait pas pu louer quoi que ce soit dans cet état. Souvenirs d'enfance ? L'environnement dans lequel grandit l'enfant peut avoir un rôle crucial : traumatisme, maltraitance, abus sexuels, dépression maternelle... Sartre disait : « L'enfance décide », alors pourquoi pas...

Dire que le cas n'est pas simple serait un euphémisme et je suis inquiet. Inquiet, car l'échéance approche, Plaziat m'a convoqué après-demain pour faire le point, je m'en voudrais qu'il classe l'affaire. Un mois, c'est court. Malgré des rapports dithyrambiques et surjoués, je n'ai pas grand-chose de tangible à lui mettre sur la table si ce n'est un hypothétique nom de famille et une adresse de location de maison. Le truquage a ses limites et je compte sur les infos de Jérémy. Il est en contact avec le proprio de Taussat et doit passer au bureau dans l'après-midi. Au sujet des Decosse, on va bien arriver à trouver un parent de la famille de Yoyo.

Remonté comme une pendule, j'attaque le registre 1976.

Marina

-3-

« Decosse, bien sûr que je connais la famille Decosse. Je les ai connus pendant la guerre. J'étais le boucher d'Andernos, lui, le père, Jeannot Decosse évoluait dans le BTP. »

Ainsi débute la réponse de monsieur Grelot, le propriétaire de la maison louée de Taussat à la question de Jérémy sur l'identité de la locataire. Le petit rondouillard septuagénaire aux cheveux blancs et à l'haleine anisée poursuit sans se faire prier :

« Jeannot a eu des problèmes à la Libération, il a d'ailleurs disparu de la circulation pendant une bonne paire d'années avant de revenir dans le secteur (l'homme hésite) eh oui, il travaillait… comme beaucoup soit dit en passant… pour la construction des blockhaus, ou casemates en français si vous préférez, sur le fameux mur de l'Atlantique. Une espèce de collaboration déguisée aux yeux de certains, mais bon, au final, ça s'est arrangé (ses sourcils se soulèvent quand il reprend), un peu dans la douleur certes, mais on avait besoin d'hommes de l'art après la guerre pour reconstruire, il y avait beaucoup de dégâts (il souffle). Ce déshonneur a d'ailleurs marqué sa première femme, Olga, elle en est morte… il a accusé le coup et s'est remarié sur le tard avec une jeunette… il portait encore beau le Jeannot à l'époque (il lève les yeux au ciel, admiratif), ils ont eu Marina au début des années 60, je crois… Ils sont restés sur le Bassin une dizaine d'années à peine et puis, du jour au lendemain, ils sont partis. Sa femme, je crois, elle a dû en avoir marre de l'odeur de vase (il rigole et devient tout rouge, content de sa blague), depuis, plus de nouvelles… et il y a un peu plus d'un mois un coup de fil, c'était Jeannot. Il m'a alors demandé si je connaissais une location dans le coin pour la petite, enfin pour Marina vous comprenez… je lui ai tout de suite proposé la maison qu'habitait ma tante, à Taussat, allée Gabrielle. Ma tante Ginette, vous allez rigoler et chaque fois que j'en parle j'ai du mal à garder mon sérieux (il se bidonne) ma tante Ginette donc, la plus jeune sœur de feu ma mère, quatre-vingt-huit ans et presque toutes ses dents (il s'étouffe à nouveau) ma tante Ginette s'est trouvé un coquin, eh oui (il se frotte les yeux, il en pleure), plus jeune qu'elle en plus (il n'en peut plus). Excusez-moi, inspecteur, mais c'est une histoire de branquignole, car elle a décidé de vivre avec le jeunot qui doit tout de suite avoir dans les quatre-vingt, quatre-vingt-deux balais, chez lui (il reprend un semblant de sérieux). Ils vivent donc non loin de là, à Andernos, près de la médiathèque, ils ont l'air bien ensemble, mais pour combien de temps ? La maison était libre et en plus elle m'appartient, ça tombait bien pour la louer à la fille de Jeannot. "Elle est fatiguée, elle a besoin de se reposer et c'est ici qu'elle veut venir, la nostalgie sans doute", a précisé son père en parlant de sa fille. Quand j'ai revu Marina, ses propos étaient hésitants (il réfléchit), hésitants, mais cohérents et puis je ne l'aurais pas reconnue, vous pensez monsieur l'inspecteur, près de vingt ans après, mais j'ai pu, à sa mine, constater qu'elle avait, en effet, besoin de repos (le vieil homme fait la moue) alors se reposer ici ou ailleurs… J'en ai pas demandé plus, ni ce qu'elle faisait, ni d'où ils venaient tous les deux, non rien, c'est pas mes oignons et puis Jeannot avait l'air pressé. Il m'a payé trois mois d'avance, a installé sommairement sa fille et s'est éclipsé. Voilà monsieur l'inspecteur, je n'en sais pas plus (il hausse les épaules en signe d'impuissance). Je discuterai avec Jeannot plus longuement quand il reviendra et il ne devrait pas tarder vu ce que vous m'avez raconté sur l'état bizarre de sa fille. À propos, je n'ai ni son téléphone ni son adresse, mais Jean Decosse, vous devriez trouver, vous êtes de la police, non ? (Il fait un clin d'œil complice pendant que sa couperose s'engorge à souhait.)

Jérémy se gratte la tête, un peu étonné :

« Mais, dites-moi, monsieur Grelot, un doute m'assaille (il fixe le gros rougeaud), vous n'avez ni adresse ni téléphone sur le contrat ou sur le chèque de location ?

— Non inspecteur, non (embêté, il bégaie) il m'a… il m'a payé en liquide et m'a dit qu'on ferait les papiers plus tard, je vous l'ai dit, il semblait pressé. J'ai dit OK, je le connais et puis sa fille est dans la maison de Ginette, alors, je ne me suis pas inquiété (il réfléchit en se pinçant le menton). Mais sinon, j'y pense, il y a un téléphone chez ma tante et son père a dû l'appeler. Vous devez avoir les moyens de savoir d'où viennent les appels ? Et la petite a peut-être un agenda avec les numéros (il enchaîne instantanément sans laisser le temps d'une réponse). C'est malheureux cette histoire, pauvre petite. En plus elle ne pose aucun problème au voisinage, elle est discrète et bien élevée, mais, suivant l'expression à la mode, elle est un peu à l'ouest… avec ses lunettes de soleil sur le nez même quand il pleut, ça fait bizarre. Maintenant je comprends mieux son comportement, enfin je comprends… tout est relatif (il sourit, la malice aux coins des lèvres). On se comprend, inspecteur ! »

Ça y est, on peut mettre un nom et un prénom sous le chignon du sosie d'Audrey Hepburn. J'aurai au moins de la nouveauté à exposer au boss même si, là encore, le témoignage de ce monsieur Grelot est proche du vide sidéral pour une affaire criminelle : de mort, de crime ou de disparition il n'est pas question, si ce n'est le décès d'Olga, la première femme de l'illustre Jeannot et encore, morte de chagrin et de honte d'après ce que j'ai compris. Malgré tout, cette déclaration présente à la fois de nouveaux personnages et surtout un éclairage inédit sur un passé proche et trouble, celui de la collaboration des bâtisseurs. Beaucoup d'acteurs de l'époque doivent encore déambuler avec des casseroles aux fesses, mais, on le sait, le cliquetis des ustensiles de cuisine se dissipe dans la ouate du temps. Entrepreneurs douteux, petits barons ou simples loufiats, la plupart sont passés entre les balles d'un peloton d'exécution fort indulgent pendant l'épuration et Jeannot en faisait partie, en conscience ou pas, et à quel niveau ? Mais cela est-il important pour l'affaire qui m'intéresse, à savoir qui est ce « fils caché » que Marina n'a jamais pu avoir et où est-il ? Retrouver Jean Decosse, son père, et l'énigme serait résolue ? Et ce Grelot, ne sonnerait-il pas faux ? D'après les déductions olfactives de Jérémy, il est plus souvent accoudé au comptoir d'un bar que sur son toit à changer des tuiles.

Jérémy, le nez en l'air, chasse sur ces nouvelles pistes et moi, statique dans la fraîcheur lugubre d'une salle d'archives, j'attaque l'année 1974, le 21 septembre, un samedi…

Marina

-4-

« C'est bien simple, j'ai dit au boss d'un ton affirmé, soit vous me donnez un mois de plus, soit je démissionne et me mets à mon compte, détective privé. »

J'y crois à cette histoire. J'y crois et j'y tiens. J'y crois parce que des indices subliminaux se mettent en place, comme les pièces d'un puzzle ignoré, la frimousse d'un enfant, la souffrance d'une mère ou que sais-je encore ? J'y tiens, car sans les appréhender je respire ces signaux comme j'ai respiré le vent salé à la pointe de la presqu'île le 21 septembre lors de la découverte de mon énigme faite femme. Les volets de la mémoire de Marina se sont fermés provisoirement, mais à bien observer la patiente de la chambre 112, une sorte de flamme anime à nouveau son regard, un rai de lumière s'est faufilé, mais par où ?

Bientôt un mois dans cet hôpital, elle n'est toujours pas diserte, mais une maquilleuse invisible a lissé son visage. La jeune femme paraît plus sereine et, fait nouveau, sa litanie s'est enrichie d'une nouvelle formule à la fois concrète et absconse : « donne bien la main à maman et ne suis pas n'importe qui, tu as compris, tu as bien compris ».

D'après le rapport de Jérémy, Jean Decosse est domicilié dans le Béarn, à Lescar, près de Pau et aux dires de ses voisins, lui et sa fille mènent une existence sans histoire. Une espèce de train-train provincial entre le Carrefour, l'apéro au bar-PMU *Le Perroquet*, le match de la Section paloise à domicile tous les 15 jours et un ciné dans le centre-ville une fois par semaine. Une vie de retraité, rêvée peut-être, mais de retraité, sans fantaisie, sans excès, sans horizon, réglée, ordonnée, sinistre. Cela fait six années qu'une péritonite aiguë a emporté sa mère et, depuis, Marina ne quitte son père qu'en de rares occasions et toujours sur site, une balade sur les bords du gave, un tour au salon littéraire ou un café en terrasse près de la statue d'Henri IV. Jamais de voyage ni de week-end prolongé. Elle avait vingt-quatre ans et finissait tant bien que mal des études de psychologie quand sa mère est décédée. La psychologie, elle y a plongé la tête la première, sans doute à la recherche de solutions, « aidée en cela et heureusement, dit son père, par des professeurs de son ancien lycée ». Enfant fragile, mais aimante, disait sa mère, adolescente émotive et évanescente, ponctuait son père. Un aboutissement universitaire pour la jeune

Marina cernée par l'inquiétude à l'aube de sa majorité, comme graduellement déconstruite par de mauvaises nouvelles. Une sorte d'affaissement psychologique progressif. Une pollution intellectuelle bien repérée par sa famille.

« Une peur est née avant ce deuil, du moins il me semble, commente Jean Decosse à mon adjoint. Je n'étais pas souvent là, mais un masque d'effroi recouvrait son visage, c'était impressionnant, même si ce n'était que par intermittence. Je ne savais pas quoi faire quand elle était dans cet état. Lorsque sa mère est morte, les choses ne se sont pas arrangées. Le toubib du coin m'a parlé de l'angoisse de l'étudiant se retrouvant seul en milieu hostile, car inconnu : "Ça arrive chez certains jeunes, ajoutez à cela la perte de la mère, synonyme d'abandon, et vous avez les symptômes de la névrose, il faudrait qu'elle consulte si ces manifestations devaient persister. Il se pourrait aussi qu'elle présente des signes d'emprise psychologique, d'après certains tests que je lui ai soumis et, là aussi, il faudrait suivre ça de près, tenez-moi au courant", avait conclu le praticien. Mais je n'ai rien fait, par négligence, par lassitude, par peur sûrement, je ne sais pas. Au début, les phases de décrochage étaient espacées… petit à petit la fréquence de ces périodes de trouble a augmenté et leur durée s'est allongée. Ma présence l'a longtemps rassurée, me semblait-il, mais depuis peu Marina s'est prostrée, passant des journées entières en méditation. Jusqu'à début septembre où elle m'a demandé à vivre seule, dans le fond du Bassin, proche de l'endroit où elle a passé ses dix premières années avant le déménagement dans le Béarn. Son comportement est d'autant plus difficile à comprendre qu'elle a toujours été entourée et choyée et n'a subi aucun traumatisme physique ni psychique, du moins à ma connaissance, excepté la mort de sa mère bien sûr. Autre point étonnant, jamais un petit ami ne s'est manifesté, seules quelques copines de fac passaient de temps à autre et encore ! Alors pourquoi parle-t-elle d'un fils qu'elle n'a jamais eu, mystère ! »

Dans son vaste bureau de commissaire principal, Plaziat a pris connaissance du rapport contenant les nouveaux éléments : la nouvelle rengaine de Marina et le témoignage de son père sur la genèse de son mal. Voûté, il me regarde en contre-plongée par-dessus ses demi-lunes, les deux feuillets entre les mains. Je suis debout, stoïque, à toucher le bois de la table. Je viens de mener à bien ma diatribe sur le métier de détective en imposant mes conditions.

Un soupir bruyant vient rompre le silence de papier froissé. Il ôte ses lunettes et se déplie lentement puis s'appuie sur le haut dossier du fauteuil en cuir fauve. Son crâne dégarni sur l'appuie-tête, les mains croisées sur la poitrine, il me fixe à nouveau, sans expression. Je trouve le temps bigrement long et constate, par la fenêtre juste derrière son siège, que le temps est en train de tourner. Il va pleuvoir. Mais là, pas question de pluie ou de beau temps, ma vie peut basculer, par conviction, par détermination. D'une situation pourtant dominante, je me sens toisé, une impression désagréable. Une transpiration inopportune accentue ma sensation de malaise. Les mains jointes derrière le dos, en position de garde-à-vous, je me fais violence et quitte les nuages noirs pour son regard bleu électrique. J'y décèle une brillance, peut-être ironique à la vue des perles de sueur investissant mes tempes lisses. Puis, dans une attitude décidée, je le vois se redresser, pianoter de ses dix doigts sur son sous-main et dans la foulée se gratter d'abord le menton avec sa main gauche puis passer sa main droite sur son crâne d'œuf du front vers la nuque, signe que je garde mon boulot de flic. En m'accordant le mois supplémentaire, il me gratifie d'un commentaire laconique, sûrement en relation avec l'intitulé de mon bureau :

— Faites-moi rêver, Viloc, faites-moi rêver…

Jeannot Decosse

-1-

Accoudé au bar du *Rat Mort*, je savoure avec Jérémy mon succès sur la rationalité blanche, sous la forme d'une bière de la même couleur. Rien à voir avec une race quelconque, non, la rationalité procédurale ou blanche, comme je la nomme, caractérise un comportement influencé par l'usage d'une raison ne bénéficiant pas de toute l'information pour prendre une décision. Heureusement, Plaziat n'est pas un idiot, ce n'est pas le cas de tous, il a du flair, il est à l'écoute. Il sent quand il y a anguille sous roche et si le poids des informations recueillies jusque-là ne fait pas pencher le fléau de la balance de mon côté. Loin de là, le boss, dans sa grande sagesse, mise sur un arrivage imminent de révélations pour inverser la tendance tel un Terre-neuva dépressif qui reprend des couleurs en tombant sur un banc de morues, là s'arrêtant la métaphore piscicole.

« Ze vois ce que tu veux dire, commente un Jérémy désabusé, c'est pas dans la braguette… »

Oh que non, ce n'est pas dans la poche, d'autant plus que mes recherches en sous-sol n'ont rien de mélodiques et ne donnent rien, j'en suis rendu à l'année 68, une année où pourtant il y a eu du changement : 21 septembre 1968, préparation des élections sénatoriales du lendemain, passionnant, encore des vieux dans les tuyaux, c'est du jeune que je cherche, du très jeune, un enfant, un nourrisson peut-être. Vous dire que je n'ai pas rencontré de mains courantes signifiant des disparitions de gosses serait mentir, mais aucune ne correspondait précisément au profil de la situation de Marina et celles qui pouvaient de près ou de loin avoir un rapport ont été élucidées, j'ai vérifié, d'où l'ampleur de la tâche.

Alors, benoîtement, je reprends mon bâton de pèlerin et décide, pour varier les plaisirs, de retourner sur site pour tenter de décoder les messages abscons délivrés par la petite Decosse. Qui sait, l'air du large conjugué à la réflexion pertinente qui me caractérise et, hop, je résous le rébus, un miracle quoi ! Blague à part, j'ai besoin de replacer les dires répétitifs de Marina dans le contexte. Si elle s'est déplacée et a dormi là-bas, ce n'est pas par hasard. De plus, sa volonté n'a nullement entravé sa démarche, elle s'est bien rendue sur place, toute seule, preuve qu'elle était en pleine possession de ses moyens. Conscience du déplacement confirmée par Jim le Noir, le bouillant chauffeur de bus. Elle aurait donc perdu les pédales soit pendant la nuit, lovée dans son duvet, mais lâchée par Mnémosyne, déesse de la mémoire, soit désarçonnée par un fantôme, en pleine méditation le lendemain matin. Le lendemain, ce fameux 21 septembre, jour où je découvrais sa silhouette immobile sur un trait de côte, légèrement en hauteur, plantée sur une dune entre ce qui reste de la piste allemande, une casemate de guingois et l'océan.

Le mieux serait que j'emmène la protagoniste pour une sorte de confrontation, mais, vu son état je serais surpris qu'on me la confie… et puis, renchérit Jérémy : « la confronter à qui, à quoi ? Au sable, au vent ? » C'est vrai, je lui dis, mais aux esprits, peut-être… à ses souvenirs, sans doute… à ses peurs, sûrement.

Du mauvais temps est annoncé ces prochains jours et même du très mauvais avec une tempête probable. Je vais être patient et laisser passer l'orage avant de m'y rendre, le blockhaus ne s'envolera pas, le sable oui, mais peu importe, il en restera toujours un peu.

Bien à l'abri en front de mer, je me délecte à l'avance des gouttes de pluie frappant les carreaux de mon douillet chez moi, pulsations aquatiques synchrones avec le tempo rapide de la batterie de Ric Ward sur le célébrissime morceau *Orange Blossom Special* interprété en 1970 par le violon magique du ricain Vassar Clements, ça, c'est du swing !

Jeannot Decosse

-2-

En rentrant plus tôt ce soir-là, je bifurque par *Le Pacha*, le bar-PMU d'Andernos. Je fais le plein de cigarillos, « mon péché mignon et le seul » je précise toujours à Roger, le caractéristique patron moustachu à l'unique mèche lui habillant le crâne. Il a retrouvé la pêche. Il me présente Rintintin, son nouveau berger allemand :

« Le remplaçant de Rut, me dit-il tout fier, mais l'œil encore brillant. Il pisse partout, mais c'est un amour (il fait la grimace). Il va falloir que je le dresse, inspecteur, ici il n'y a pas que des scouts et des jeannettes.

— Certes Roger, mais faites gaffe quand même, de la prévention Roger, pas d'agression, de la prévention… vous le savez ça, je vous l'ai souvent répété du temps de Rut. Rappelez-vous quand il a niaqué l'espèce de beatnik il y a deux ans, vous avez été emmerdé et pas qu'un peu. »

Roger est un chaud. D'un autre côté, pour être patron de bar, il vaut mieux être rompu au krav-maga qu'aux mots croisés, même si la réflexion dudit patron se manifeste souvent après la réaction épidermique, c'est-à-dire trop tard. C'est d'ailleurs cette considération technique qui m'a fait abandonner l'idée de m'investir dans la profession, il y a quatre ans lors de l'affaire Dortel. J'étais à l'époque en petite forme dira-t-on et j'ai bien fait de renoncer à l'option « patron de bar », je me serais fait marcher dessus. Quoi qu'il en soit, j'ai toujours beaucoup de plaisir à fréquenter ce type d'établissement, mixité humaine et diversité d'odeurs réunies dans un espace exigu, entre piliers de bar et joueurs de PMU, perroquets, tangos et Perrier tranche, résonances de flippers et conversations haut perchées, le tout sonorisé par le bon vouloir d'un juke-box de la grande époque, l'époque où Roger avait encore une tignasse drue et paraît-il frisée.

Tout à coup, venus du bout du zinc, des trémolos fracassent la sérénité ambiante, aussitôt éclatés dans leur élan tel un plateau d'argile à peine sorti de la fosse du ball-trap.

« Ta gueule la *Callas*, hurle le taulier en balançant son chiffon à carreaux sur l'épaule, ta gueule je te dis, si tu veux hurler tu sors… le rosé c'est pour moi, mais tu nous fais pas chier (il s'avance menaçant vers la cantatrice). »

En me penchant légèrement j'aperçois une espèce de harpie au regard de Gorgone, négligée, les cheveux bruns très courts, mal teints, et un visage hideux, défiguré par, je l'imagine, un accident. Elle s'accroche à un verre de rosé tenu dans sa main gauche, la droite semblant aussi mal en point. Voyant mon embarras, Roger me rassure :

« Vous inquiétez pas, inspecteur, on a l'habitude, de temps à autre, sans raison, elle se met à chanter l'opéra… enfin à chanter, à hurler un semblant d'air d'opéra. On l'appelle la *Callas* pour ça, on aurait pu aussi la surnommer Quasimodo, mais c'est moins artistique (il poursuit, le sourire aux lèvres) apparemment, elle n'est pas là depuis longtemps, mais elle a su vite trouver le chemin du bar, ça, vous pouvez me croire, presque une autochtone. »

Voyant mon intérêt pour la Castafiore, il continue :

« Elle a été professeur, dit-on, mais de quoi ? En attendant, elle vit avec plein de chats, seule, du côté de l'église d'Andernos, avant le Mauret, je crois, dans un joyeux bordel… enfin j'imagine, elle n'y a jamais invité personne… et personne ne tient à y aller, car avec la gueule qu'elle a, il faut avoir faim (il me lance un regard égrillard). En fait on ne la connaît pas vraiment, elle n'est pas idiote, mais quand elle me gonfle, je la vire, elle a l'habitude. »

Je me sens un peu gêné de voir sortir cette femme odorante, d'une bonne soixantaine d'années, à la louche, grande, bien bâtie, mais claudiquant et maugréant entre ses lèvres déformées mille malédictions ordurières à l'endroit du tenancier.

« C'est ça, c'est ça, casse-toi, tu reviendras quand t'auras dessaoulé », poursuit de façon peu affable l'objet des injures étouffées.

Une fois la porte fermée il se retourne vers moi.

« Il y a des numéros ici, inspecteur, mais elle, elle fait un podium. »

— Vous devez avoir de drôles de zèbres ici. En fait, pour être patron de bar, la première qualité n'est-elle pas la patience ?

— Oui et non, mais la plupart sont sympas, voyez derrière vous c'est Jean-Claude le coiffeur, il ne ferait pas de mal à une mouche, avec lui, à sa droite, c'est Armand le peintre, le gars avec la mèche, une pâte, qui a du mal avec l'alcool, il ne le tient pas, un demi-panaché et il est parti, alors il fait gaffe, en revanche pour la clope, lui, il fait marcher le commerce, mais avec cette putain de loi Évin, je sais pas où on va, enfin on verra bien (son regard balaie la salle). Et puis au fond, toujours avec un bouquin, les cheveux en arrière et en bataille, on l'appelle *Einstein*, c'est Gégé et devinez quoi, lui, il prépare l'Ena, rien que ça, oui, oui. Mais les plus remuants c'est la bande à Crémier, avec eux ça déménage, la plupart du temps c'est bon enfant, vous les verrez bien un jour ou l'autre, inspecteur, ils alternent entre ici et chez Loulou, au *Café de la Plage*, près de la jetée (Roger se retourne sur sa droite en montrant d'un coup de menton) et sur la banquette là-bas, Robert, l'ancien boucher, un brave type, mais lui aussi a ses moments de folie, on va dire… surtout lors des premières tournées, pendant la belote, là, il s'est calmé, c'est la mi-temps (ses yeux se plissent et un sourire de satisfaction apparaît, il est content de sa métaphore sportive). Il arrive vers les dix-sept heures et il part quand je ferme, c'est pas compliqué… et là il doit en être à sa onzième ou douzième momie, je ne sais plus, j'entasse les tickets et à la fin il paye, un coup de pot, il n'habite pas loin et il vient à vélo… et repart quelquefois à pied rejoindre son chat de compagnie, un chat à trois pattes à cause d'un accident, Gédéon, il n'a que lui et comme il ne veut pas qu'il sorte de peur de le perdre, papa est obligé de rentrer. Sa femme est morte il y a longtemps et il ne voit plus son fils unique, les mauvaises langues disent que sa femme aurait fauté en 44 avec un officier allemand (il se penche vers moi en mettant en sourdine) il faut dire qu'ils ne se ressemblent pas un poil, le fils est presque chauve, grand et athlétique et lui… vous voyez comment il est. »

À l'évocation du prénom de Robert, du métier de boucher, d'odeur d'anisette et à voir ce petit rondouillard, la description de Jérémy me revient sur ce bonhomme, loueur de la maison de Taussat à Jean Decosse, le père de Marina.

Sous un des grands miroirs biseautés qui habillent la salle, Robert Grelot est attablé seul, le regard errant d'un bout à l'autre de l'établissement, ne cherchant personne, mais espérant trouver quelqu'un. Son visage rubicond de vieux poupin le rend sympathique de prime abord. Devant lui, entre les écorces de cacahuètes éparpillées sur le formica jaune, un verre, compagnon d'infortune, lui aussi, vide. Je tente une approche, me présente et lui parle de chats. Robert Grelot est content. Il vient de rencontrer celui qu'il ne cherchait pas. Le type, solitaire, a envie de parler, en plus avec la police, un *must*. Pour le sécuriser définitivement, je mets ma tournée et le branche sur Jean Decosse.

D'une attitude prostrée peu de temps avant, l'homme devient prolixe, l'alcool est un accélérateur de confidences.

Jeannot Decosse

-3-

« Jeannot Decosse fait la guerre, la “drôle”, jusqu’en juin 40, jusqu’à la débandade, commence à raconter l’ancien boucher. Il a vingt-cinq ans, marié à Olga depuis deux ans, pas d’enfant. Une fois libéré, il reprend son travail de maçon dans l’entreprise de BTP TÉLORIÉ située entre Lège et Arès. Le travail est rare, mais au printemps 1942, Jean-Baptiste Télorié, le patron, est content de répondre à une sorte d’appel d’offres concernant des travaux de construction d’ouvrages bétonnés sur le littoral proche, une aubaine… vous pensez, inspecteur, j’étais au courant de tout ça, Olga me racontait chaque fois que j’avais un peu de marchandise à vendre, j’avais mes chouchous…

Et Robert Grelot de rentrer dans les détails :

« Le mur de l'Atlantique, L'Organisation Todt, ça vous dit quelque chose ? (J'acquiesce mollement). Leur but, je vous le rappelle, empêcher une invasion du continent par les Alliés grâce aux fortifications allant de la frontière hispano-française jusqu'au nord de la Norvège. Vous voyez un peu le chantier… à projet pharaonique, moyens démentiels, alors, pour répondre à l'urgence de la situation, les deux cents entreprises allemandes sélectionnées par les fridolins ont vite été dépassées par l'ampleur de la tâche… donc elles ont sous-traité construction et main-d'œuvre à plus de quinze mille sociétés de BTP et cimenteries françaises, quinze mille, une paille ! Eh oui, vous comprenez, il faut aller vite, plusieurs milliers de kilomètres de côte à protéger et de blockhaus à construire… alors Jeannot me racontait ce qu'il faisait, comment les travaux avançaient, avec qui il travaillait. Ils ne chômaient pas les gars en ce temps-là. »

Je ne l'arrête plus et il m'explique qu'au départ, les travailleurs sont volontaires, spécialisés, bien payés, mais très vite, vu l'immensité du projet, d'autres sont requis et encadrés par des bataillons d'infanterie de la Wehrmacht. Idem pour les entreprises qui, pour certaines et au fil du temps, se trouvent aspirées dans le siphon d'un véritable « Monument de la Collaboration[4] ».

Il faut construire sur le littoral d'épaisses fortifications capables d'intimider les Alliés et de résister au déluge des bombes. L'absence de soldats, la plupart concentrés

---

4 Jérôme Prieur. *Le mur de l'Atlantique. Monument de la Collaboration*, Paris, Denoël, 2010.

sur le front de l'Est, sera compensée par des canons et des mitrailleuses cachés dans du béton.

Le problème c'est l'accès.

Dans un premier temps, à partir de la route principale, Fritz Todt fait construire des pistes ; des rubans de ciment sur plusieurs centaines de mètres. Un chapelet d'asphalte à l'assaut du rivage. D'abord à travers les pins puis, dès la frange forestière, il les fait courir de la dune embryonnaire jusqu'à la dune grise. Là, au milieu des lichens et des mousses, juste avant la dune blanche, ils établiront les positions de défense.

Pour la côte aquitaine, cela veut dire des kilomètres de tiges en acier pour les armatures, des centaines de mètres cubes de planches en pin pour les coffrages et des tonnes de béton à couler. Les pins ne sont pas loin, il suffit de se baisser avec deux gaillards et une scie passe-partout pour les couper au ras, quoiqu'au bout d'un petit moment, les fléchisseurs fatiguent, le dos souffre et certains ne se baissent plus. Alors ils coupent à hauteur de hanches, on les comprend, moins éreintant, plus rapide. À ce propos, Jeannot m'a raconté une histoire étonnante : aux réprimandes des autorités concernant le sciage des pins à hauteur de taille, un bûcheron basque avait eu cette réponse : « Mais mon général, il appelait tous les soldats mon général, c'est la meilleure défense anti-char que je connaisse, des pieux naturels, à l'ancienne, avec ça, ils ne passeront pas, *kawen dioch* ! » Ironique ou inconsciente, la repartie du colosse bouclé, traduite sur-le-champ, n'a pas fait du tout rire les « généraux » présents. Résultat, le rebelle de la région de Souraïde a subi un jeûne forcé de deux jours et s'est soumis à un exercice en solo, la hache à la main, pour remettre le terrain à niveau, sans compter sa privation de scierie pendant deux mois, parce que la scierie par rapport au chantier d'abattage, c'était le paradis.

L'humour ne paie pas en bord de littoral aquitain, début 42.

La fourniture de planches ne pose donc aucun problème, pas plus d'ailleurs que l'approvisionnement en béton, fabriqué par les sociétés de BTP locales. Au début, Jeannot est chargé, sur le secteur de la Pointe, d'actionner sur des rails des wagonnets remplis de ciment TÉLORIÉ et de les basculer au bon endroit pour remplir de l'épaisseur d'un parpaing le coffrage rectangulaire ferraillé et ainsi de suite jusqu'à mettre en place le ruban bétonné. Il s'agit d'un vrai travail d'équipe, même si certains se montrent plus ou moins coopératifs avec l'ennemi.

Des clans se constituent immanquablement et Jeannot sympathise avec deux vaillants charpentiers habitant près de chez lui à Andernos. Ils viennent des Landes, le pays du bois, les frères Livrac. Les jumeaux travaillent pour une entreprise montoise, LANDESBOIS, réquisitionnée elle aussi, et l'un d'eux, Alfred, a pu bénéficier d'une mesure exceptionnelle : amener sa jeune femme dans ses bagages. Alfred est le numéro deux de LANDESBOIS et, comme la durée de la mission risque d'être longue, la présence de sa toute nouvelle épouse ne pourra qu'être bénéfique pour l'implication du jeune marié. Tout le monde est content. L'autre jumeau, Yves, est célibataire, c'est plus simple.

Je prends des notes, rapides, sur un support de fortune, un bout de journal trouvé sur le bar, je n'étais pas venu pour ça. Je veux arrêter la logorrhée de mon interlocuteur et prendre un rendez-vous, officiel va-t-on dire, pour être au calme et profiter pleinement de sa science. Je lui explique que trop d'information tue l'information, mais non, il est allumé donc intarissable. Écarlate, avant de se lever pour répondre à un besoin naturel, il fait à Roger le signe caractéristique du doigt qui fait des cercles dans le vide, traduit dans le langage des poivrots par « remets-nous ça ». J'en profite pour prendre une grande inspiration, dégoter une feuille de papier correcte et me mettre en état de concentration maximale.

Quelque chose me dit que je ne récupérerai pas ce type de confidence tous les jours.

Jean Decosse

-4-

En ce qui concerne notre ami Grelot, le lieu d'aisances porte bien son nom. Rasséréné, il s'assoit, maladroitement toutefois, sur la banquette en skaï rouge, les cheveux et le visage rafraîchis par une eau salvatrice lui donnant un second souffle :

« Où j'en étais ? fait le gominé en buvant un petit gorgeon. Ah oui, les frères Livrac, les charpentiers qui travaillaient avec Decosse, oui c'est ça… mais le Jeannot n'était pas au bout de ses surprises. »

Et mon ami à la teinte de corail de continuer :

« En aparté, Jean-Baptiste Télorié fait comprendre à son employé que ce boulot n'est qu'un échauffement par rapport aux monstres de béton et d'acier que lui, Jeannot, et les gars de l'entreprise devront édifier dans un futur proche. Un travail titanesque. En deux ans, de

42 à 44, le marché du BTP est multiplié par cinquante. Presque la totalité du ciment français y est engloutie. Une manne. Des blockhaus dont les fondations avoisinent les dix mètres sous terre et les épaisseurs de mur et de toit entre trois et quatre mètres. Impensable de travailler autant pour l'ennemi, mais Jeannot a confiance en Télorié, qui va faire en sorte de mal les construire, lui confie-t-il et il rajoute aussitôt : "il faut prendre le boulot là où il est". Jeannot est dubitatif, son patron a fait la Grande Guerre, il ne peut pas aimer les boches, enfin sur le papier. Les nombreuses voitures américaines que l'entrepreneur s'achètera après-guerre ne plaideront pas en faveur d'un travail salopé. »

En bout de course, le jeune Decosse fait contre mauvaise fortune bon cœur, il est physiquement taillé pour faire ça et ne trouve pas que des désagréments dans ce travail forcé : il rentre chez lui, à Andernos, à vélo tous les soirs et la paye est bonne, alors, malgré une mauvaise conscience évidente, il prend la vie comme elle vient, petit à petit il va dans le sens du vent. Pourtant Olga a peur, une peur irrépressible du qu'en-dira-t-on, elle, fille d'un héros de la Grande Guerre, ostréiculteur encore en activité qui refuse toute vente d'huîtres à l'occupant.

Une situation difficile à vivre.

« Béton d'hiver, béton d'enfer », lui répète en boucle son patron. Pendant cet hiver 42, Jeannot remplit, déplace et vide dix, vingt fois par heure, dix heures par jour, dirigé par un contremaître austère et surveillé la plupart du temps par des hommes en armes, des garde-chiourmes issus d'un bataillon d'infanterie de l'armée régulière, entraînés et formés… à l'allemande.

La planque, elle n'est pas là, la planque, elle est dans les scieries. Le bruit sans doute. Le son strident qui sort des machines à débiter les planches de coffrage est insupportable pour qui n'y est pas habitué, surtout s'il ne porte pas de casque ou s'il ne se bouche pas les oreilles. Le soldat en faction a besoin de voir, mais aussi d'entendre, entendre un bruit suspect ou un ordre qui fuse, la scierie n'est pas faite pour lui et donc la scierie, c'est la planque.

Et des scieries il en faut, avec des hommes pour les faire tourner, des bûcherons, des charpentiers, des électriciens, mais aussi des requis, sans qualification, envoyés là pour, entre grumes et produits finis, charger et décharger les camions dont la noria poussiéreuse et ronflante ne laisse pas en paix le voisinage.

« Une véritable ruche », conclut Robert qui s'humecte le gosier d'une énième momie.

Le « on ferme » de Roger, le patron du *Pacha*, met un terme à la conversation impromptue. L'amateur d'anisette me dit avoir d'autres anecdotes à me narrer sur l'après-guerre. Je l'en remercie, mets ça dans un coin de ma mémoire. Il est l'heure de rentrer au bercail.

Auparavant, je m'assure de la stabilité toute relative de l'équipage à deux roues s'enfonçant dans la nuit andernosienne. Pas plus rassuré que ça, je m'avance néanmoins jusqu'au coin de la rue pour constater que le feu rouge arrière du vieux biclou s'éloigne bien dans la bonne direction, en zigzag certes, mais il s'éloigne.

Roger se marre, il a l'habitude. Moi, non, décidément la vie d'un pilier de bar n'est pas « un long fleuve tranquille ».

À peine Sylvia embrassée, et mon costume de flic sur cintre, j'active mes neurones pour écrire au propre tout ce que mon nouvel ami Robert m'a délivré : le mur de l'Atlantique, TÉLORIÉ, les frères Livrac, LANDESBOIS, le béton, la scierie. En espérant n'avoir rien oublié pour étayer mon prochain rapport, je prends enfin mon temps, j'enlace tendrement ma femme qui me glisse, ironique, ses lèvres collées à mon oreille : « C'est sympa de passer juste après le boulot, je ne suis pas encore invisible, c'est rassurant. »

Crapotant mon *Guantanamera* sur la terrasse, un fond de vieux rhum dans la tasse à café, je peux distinguer, sous la lune claire, en bord du chenal, un corps-mort aspiré vers le large par le descendant. De la qualité de l'ancrage dans le sable de cette bouée blanche dépendra sa résistance au déchaînement des éléments. J'en ai bavé, mais maintenant mon ciment est ici, dans cette cabane, petite cellule familiale, enfoui profond dans mes fondamentaux, amour et confiance.

Le courant peut forcir, pour moi la vie est désormais « un long fleuve tranquille ».

Jeannot Decosse

-5-

À Bordeaux, la chambre 112 est sombre malgré les volets grands ouverts et les rideaux tirés. Le blanc des murs et le néon « lumière du jour » au plafond n'arrivent pas à l'égayer. Des nuages noirs encerclent l'hôpital. La météo ne s'est pas trompée.

Jean Decosse est soucieux. Il sait sa fille fragile, souvent angoissée, mais la voir ainsi le bouleverse.

« Elle tient de sa mère, confie l'homme de soixante-dix-sept ans à la chevelure encore épaisse. Elle aussi était… comment dire… inquiète, oui inquiète, voire tourmentée, un problème d'enfance sans doute (il hausse les épaules). Elle n'a jamais voulu m'en parler. Pourtant elle avait tout ce qu'elle voulait, c'était ainsi, c'était son tempérament… elle ne se plaignait jamais, oh non, mais l'anxiété se voyait sur son visage allongé. D'ailleurs, j'avais remarqué qu'il s'étirait de plus en plus au fil des années, des cernes se dessinaient. Je lui avais dit, gentiment, avec tact, enfin je crois… je lui avais même proposé un soin esthétique, elle avait souri… un sourire était chose rare (les yeux du vieil homme se mettent à briller). Non, elle ne se plaignait jamais… elle se serait plainte un minimum, on aurait pu éviter la péritonite, oui, mais voilà… Elle allait avoir quarante-quatre ans. »

Debout au pied du lit étroit, ému, les mains sur la barre chromée, l'homme, voûté par les épreuves, contemple sa fille. Il lui sourit, du moins il essaie. Sa bouche se tord dans des rictus nerveux, incontrôlables, jusqu'à ne plus essayer de sourire. Il pleure. Marina ne le reconnaît pas. Le regard qu'elle lui porte est pire que celui d'une étrangère, vide. Elle ne peut pas jouer la comédie, ce n'est pas possible, et pour quelles raisons la jouerait-elle ? Pourtant son père est là, devant elle, sanglotant, et rien, rien, aucune lueur d'amour n'éclaire ses yeux noisette, pas l'ombre d'une reconnaissance ne passe sur son visage lisse. Et toujours la même litanie : « je sais où est mon fils, je sais où il est ». Litanie qui laisse pantois le vieil homme qui, se demandant quel est ce fils caché, se passe les deux mains sur le visage en marmonnant : « mon Dieu, où est-elle partie ? »

Le professeur Arzuelos parle de troubles dissociatifs. Il en parle calmement et simplement. Il dit que la dissociation s'oppose à l'association. Et que visiblement Marina n'associe plus grand-chose.

« L'association, précise le scientifique en choisissant ses mots, désigne la manière harmonieuse et coordonnée avec laquelle le cerveau fonctionne et le psychisme s'organise. La mémoire a besoin d'associations, d'informations pour fonctionner. Dans le cas de dissociation mentale, les informations ne sont pas échangées. En ce qui concerne Marina, je pencherais plus pour une dépersonnalisation. »

Devant nos mines interrogatives, il développe :

« La dépersonnalisation correspond à une dissociation, non pas de la réalité, mais de son propre corps, l'individu ne se reconnaît plus dans le miroir, son corps lui est étranger. Attention, je ne parle pas de schizophrénie, le curseur n'est pas encore rendu là sur cette large échelle. Marina savait où elle allait quand elle s'est rendue sur la dune, mais une fois sur place, elle est rentrée dans le corps d'un autre et sans doute dans son esprit aussi. Ainsi, conclut le professeur, cette dissociation peut avoir pour origine plusieurs facteurs, stress important, traumatisme, ou encore drogues. Il faut être patient, elle peut se reconnecter à n'importe quel moment (il se gratte le menton). Sans parler d'amnésie temporaire, la prise de conscience de son traumatisme, plutôt ancien à mon sens, la ferait redescendre sur terre (il marque un temps d'arrêt, regardant le ciel lourd). Vous savez, c'est complexe là-haut, finit-il par avouer. »

Sur le parking, je dois calmer un homme aux abois qui pense dur comme fer que sa fille est folle. Autant « il existe des parades devant une maladie normale », me dit-il, autant devant la démence il se sent perdu, il parle d'impuissance.

« C'est effrayant d'être devant ta gosse et qu'elle ne te reconnaisse pas (il ânonne faiblement, semblant parler au vide par une forme de tutoiement), ta propre gosse qui ne te reconnaît même pas », répète-t-il inlassablement en regardant les étages du centre hospitalier qui défilent derrière les vitres mouillées de la voiture. Il pleut dru.

Commence pour lui un long et pénible travail de mémoire. Il va essayer de retrouver le ou les fameux traumatismes anciens envisagés par le professeur en neurologie. C'est une piste, « mais à quoi d'autre se raccrocher ? » hurle-t-il dans l'habitacle, à bout de nerfs. Remonter le temps et tenter de se souvenir de l'enfance de la petite, là-bas, sur le Bassin, puis adolescente, en Béarn, voilà son objectif. L'entreprise ne sera pas facile, il le sait.

Jeannot Decosse était plutôt un homme d'extérieur, à l'ancienne, à bosser sur des chantiers, à boire des apéros et à aller au foot et au rugby soutenir l'équipe locale. Suivre l'éducation de sa fille, c'était le rôle de son épouse, c'était comme ça.

Il rentre à Taussat, allée Gabrielle.

Il trouve joli le nom de la rue.

Il espère qu'un ange viendra lui prêter main-forte.

L'ENQUÊTE

-1-

« Dis-moi Lily, tu crois aux fantômes ?

— Bien sûr Anselme, surtout si ça m'arrange (elle se marre). T'es rigolo toi, tu me poses toujours de drôles de questions.

Rigolo, tiens, ça faisait longtemps qu'elle ne m'avait pas affublé de ce qualificatif. Il faut dire que la question du spectre m'obsède. Toute la journée et la nuit, quand je ne dors pas, je pense à cette histoire d'amnésie. L'interrogation se faufile dans ma tête, elle rampe, à la manière d'un serpent, malgré moi, sournoisement. Je me sens visqueux, le tourment se colle à moi. J'ai déjà interrogé Sylvia mille fois sur le sujet jusqu'à ce qu'elle m'envoie valser une bonne fois pour toutes, arguant qu'elle n'était pas infirmière psychiatrique, en ayant déjà assez avec toute la misère visible pour éviter l'invisible.

« Mais tu sais que le mal visible vient bien souvent de l'invisible », souligne la petite à cheval sur son vélo, à qui je rapporte les propos de ma femme.

Lily est venue me montrer son nouveau vélo jaune avec dérailleur, double plateau et tout le toutim. Cependant, je ne remarque pas le rutilant coursier, obnubilé par mon obsession, en train de siroter mon café à l'*Arkeseon*, le bar-restaurant à côté de ma cabane où j'ai pris l'habitude de me poser après le déjeuner. Au lieu de cela, je lui parle de fantôme et d'invisible. La gamine sait faire la part des choses et me répond du tac au tac, comme d'habitude. Elle comprend bien à cet instant que ma priorité se situe plus dans la tête que dans les jambes. L'envie de me montrer son nouveau joujou lui a fait pourtant prendre des risques, elle a bravé une pluie en devenir stockée dans les nuages gris foncé au-dessus de nous. Le danger se précise, le vent se lève. Le ciel menaçant a vidé la terrasse. Un coup d'œil vers l'ouest me fait rapatrier dare-dare la petite et son biclou dans la cabane, bien à l'abri. Le week-end démarre mal.

Là, protégée des bourrasques subitement réveillées, avec pour fond musical *Never Before... Never Again*, un des albums du père du violon jazz, Joe Venuti, Lily se lance dans la narration d'un phénomène extraordinaire à propos de la réincarnation, la gamine n'a pas fini de me surprendre, Dieu sait où elle a encore trouvé ça !

« Oui je sais, cette histoire ne concerne pas l'amnésie à proprement parler, mais ça peut te faire réfléchir sur les fantômes et donc sur le passé, dit-elle en préambule. Voilà, c'est un texte de Matthieu Ricard, le moine bien connu, et d'un autre dont j'ai oublié le nom, dans le livre *L'infini dans la paume de la main, du Big Bang à l'Éveil*. »

Devant ma grimace d'inquiétude, elle me rassure sur la facilité de compréhension du récit. Et, s'enfonçant dans le canapé, elle me livre la fabuleuse histoire de Shanti Dévi d'un trait, sans une hésitation :

« Shanti Dévi est une femme née en 1926, à Delhi, en Inde. À quatre ans, elle commence à rapporter des souvenirs d'une vie antérieure. Elle parle de son ancienne demeure, qui aurait été dans la ville de Mathusa, où elle vivait avec son mari. Ses parents et ses amis se moquent d'elle, mais elle n'en démord pas et tente, à seulement six ans, de se rendre seule à Mathusa. Ses souvenirs continuent à la rattraper. Elle affirme qu'elle s'appelait Lugdi Dévi, et qu'elle a laissé à sa mort un nourrisson de dix jours. La fillette finit par se replier sur elle-même, lasse de l'incompréhension de son entourage. Finalement, son instituteur et le directeur de son école s'intéressent de plus près à ses dires et l'interrogent longuement. Elle décrit donc la vie qu'elle menait avec son mari, qu'elle nomme Kédar Nath. Mais surtout, elle fait son récit dans le dialecte de Mathura, qui est pourtant situé à cent cinquante kilomètres de chez elle, alors qu'aucun de ses proches ou de ses connaissances ne le parle ! Le directeur de l'école se rend en personne à Mathura et rencontre un homme nommé Kédar Nath, il confirme que sa femme est bien morte neuf ans plus tôt, laissant un bébé de dix jours. Par la suite, Kédar Nath se rend à Delhi et tente de se faire passer pour son propre frère auprès de Shanti. Mais celle-ci ne se laisse pas prendre au piège, et dès qu'elle le voit, elle le reconnaît comme étant son ancien mari. Les témoins sont interloqués. Kédar Nath reste plusieurs jours à Delhi et devant les détails très précis donnés par Shanti, il repart, persuadé qu'elle est la réincarnation de son épouse. À Mathura, Shanti reconnaît son grand-père. Elle lui rappelle une anecdote. Puis elle trouve elle-même le chemin de son ancienne demeure. La commission d'enquête, composée de notables et de journalistes, conclut à la véracité de ce cas. »

La narratrice se redresse comme un ressort et devant moi, sur ses deux pieds, elle interroge :

« Jolie, non, comme histoire de fantôme ? Lily me scrute avec toujours la même malice dans les yeux. Alors Anselme, qu'en penses-tu ? »

J'en reste interloqué, le violon de Joe Venuti remplit un silence stupéfié lui aussi. Et la petite de conclure :

« Voilà un bel exemple de retour vers le passé, non ?

— Pour le moins, Lily, pour le moins. »

Je fixe les vagues excitées qui éclaboussent la terrasse, les embruns s'agitent, les coefficients sont faibles… il faudra tout de même faire les vitres.

« Tu me montres ton vélo ? »

L'ENQUÊTE

-2-

L'histoire de la réincarnation de la jeune Indienne racontée par Lily me trotte dans la tête. Comment un esprit rationnel peut-il envisager pareil scénario ? « De la puissance de la psyché » serait un bon thème de séminaire pour nous autres, simples flics, soumis au pragmatisme de la preuve par neuf. Aussitôt après la narration, je n'ai pu m'empêcher de transposer le cas sur la personne de Marina. Pourrait-elle être la réincarnation de sa mère disparue voilà six ans, emportant je ne sais quel secret ?

La réincarnation, c'est le retour dans la chair, mais aussi la transmigration de l'âme. Si jamais j'invoque une telle hypothèse dans mon prochain rapport, même stylistiquement tournée à la façon proustienne, Plaziat m'interne illico.

« Pourquoi voudrais-tu qu'elle soit la réincarnation de sa mère et non pas de sa grand-mère ou de son arrière-grand-mère et même plus loin encore, la réincarnation n'a pas de date de péremption, non ? Bon, je ne suis pas un grand spécialiste, mais je viens d'aller voir avec Agathe le film de Lelouch sur le sujet, *La belle histoire* et là, les deux héros se réincarnent deux mille ans après, une histoire d'amour évidemment, toujours avec Lelouch, un peu gnangnan, mais en même temps ça ne fait pas de mal.

— Tandis que ton histoire a l'air louche... et non Lelouch... eh, eh... »

C'est le patron qui parle, David, content de sa blague à deux balles, un dimanche soir de novembre, dans la grande salle blanche et bleue aux motifs de mouettes et de bateaux. Comme de coutume avec Sylvia et Noémie, tous les dimanches soir nous dînons à *L'Escale*, toujours la même table, la numéro 10, dans le recoin et toujours le même plat *Le cabillaud à l'oseille*. Un joli moment, on aime à se retrouver dans ce lieu authentique, on discute, on délire et ça détend mon ange pour la semaine à venir dans sa pension de Saint-Elme, en face, à Arcachon.

Dehors, la nuit envahit la jetée de Bélisaire et l'air du large transporte un vent mauvais, le rêve. Que j'aime cette sensation d'abri douillet quand les éléments extérieurs se mettent en désordre, « le désordre est le délice de l'imagination » disait Paul Claudel et ça me rassure. Derrière les carreaux, je me sens au théâtre, où chaque soir le jeu de l'acteur est différent. Ce désordre met mon esprit en ordre. Que j'aime cet endroit sans fard ni artifice quand la saison, dite mauvaise, éloigne les m'as-tu-vu et les Monsieur Jourdain. Que j'aime la conversation avec David, l'exilé médocain à la bouclette rebelle, les dimanches soir, en train de dépiauter ma bonite en l'écoutant me distiller des propos frappés de bon sens. Bon sens qui, hélas, me fuit depuis toujours. Mais bon sang, mais c'est bien sûr, s'il est question de réincarnation en chair ou en pensée, pourquoi s'arrêter à la génération précédente ? Rien ne m'assure qu'il s'agisse de cela, mais l'analyse de la Faculté sur l'attitude de la patiente, ajoutée aux différentes expériences entendues et établies par les uns et les autres, m'oriente vers ce type de recherche.

D'ici à ce que Plaziat débaptise mon bureau des rêves en bureau du surnaturel…

« Tu n'as rien de tangible dans l'affaire de ton amnésique, mon pauvre Anselme, poursuit David en train de casser une cacahuète. Ici, dans mon resto, c'est salé ou pas assez, toi, tu n'as aucun biscuit à lui mettre dans sa gamelle à ton chef (il montre l'assiette d'arachides). Tu as vaguement une sensation, tu as observé quelque chose de vrai et de pathétique dans le regard d'une bonne femme en tenue de sport qui répète toujours la même chose… la belle affaire. Fais gaffe à ce qu'il ne te renvoie pas faire la circulation ton boss… mais là aussi tu pourrais y voir des ovnis (il m'attrape par le cou en se tordant de rire). Je ne sais pas moi, monte à l'arbre généalogique de ton Decosse et trouve du concret (il s'enflamme). Apparemment, tes recherches sur le 21 septembre ne donnent rien et tu ne vas pas revenir au temps où Jésus-Christ était garde champêtre. Change ton fusil d'épaule, et c'est le Médocain qui te parle et tu sais qu'en chasse, le Médocain s'y connaît. »

Du concret, du concret, il est marrant… Ça m'embête, même mes amis doutent. Jérémy me suit, il n'a pas le choix et Sylvia a jeté l'éponge ; l'invisible l'emmerde, elle me l'a dit. Seule Lily me rejoint sur mon nuage. Mais il est un principe dans le code de déontologie de la police qui impose au policier, je cite : « d'être impartial et d'intervenir pour porter aide et assistance, même en dehors de son temps de service ». C'est ce que j'ai fait, c'est ce que je continue à faire tant qu'on me laisse les coudées franches. Je vais poursuivre mes recherches en sous-sol, à Castéja, pour dégoter un 21 septembre caractéristique tout en fouillant le passé des rares protagonistes que j'ai sous la main, à savoir Jean Decosse, sa fille Marina et éventuellement le père Grelot.

En attendant, je suis sûr de trois choses, primo, j'ai encore une fois passé un bon moment, en famille, chez mon ami David ; deuzio, je ne suis pas la réincarnation de Sherlock Holmes… et tertio, à coup sûr le mauvais temps empêchera la navette de transporter Noémie demain matin de l'autre côté, je vais devoir faire le tour en bagnole. Bah, une fois n'est pas coutume.

L'enquête

-3-

Jean Decosse dort. Il dort profondément. Il dort tellement bien qu'il ne se réveillera plus. Jamais. Jean Decosse est mort. Dans son sommeil, une belle mort. C'est triste, dramatique, mais... au final, comment ? Crise cardiaque, attaque cérébrale, autre cause ? Il était seul dans la villa allée Gabrielle, l'ange est bien venu, mais pas comme il l'espérait ; le chrétien qu'il était doit être déçu ou peut-être pas, au final.

Pour rester dans l'amoralité religieuse, sa mort, à la fois m'arrange et me dérange, on appelle ça du pragmatisme. Elle joue en ma faveur, car elle peut donner une légitimité à mon enquête si elle s'avère non accidentelle et elle m'embête, car j'avais rendez-vous avec lui aujourd'hui en fin de matinée au bar des Fontaines, en bord de Bassin, à Taussat, pour parler généalogie. En fait, la seule question qui me vient à l'esprit, la nouvelle va-t-elle réveiller Marina ?

J'ai été prévenu par Robert Grelot, le propriétaire, il devait régler un problème de fuite avec le plombier, il a trouvé Jeannot inanimé sur le lit.

On est mardi, il est onze heures quinze, la tempête annoncée commence à faire chanter les drisses, la route depuis Castéja s'annonce rock'n'roll. La gendarmerie d'Andernos doit être déjà sur place, je l'ai prévenue. « Surtout, ne touchez à rien, faites les premières constatations d'usage, je suis sur une affaire avec ce type depuis deux mois, je vais demander une autopsie, j'arrive » sont mes premières paroles de flic efficace dans ce feuilleton considéré de science-fiction par la plupart. J'ai eu envie de poursuivre par : « libérez le plombier », mais l'humour du nord Bassin n'est peut-être pas exportable.

On est en novembre, le temps est dégueulasse et j'ai la pêche. Jérémy se colle aux archives, année 59, on remonte le temps. Jusqu'où ?

Urban Blues dans le radiocassette, le violoniste sexagénaire américain Leroy Jenkins m'accompagne tout au long du trajet. La sonorité si particulière de l'album enregistré en 84 colle avec l'étrangeté de mon investigation. Son titre, *Looking for the Blues*, est adapté à la situation, à chacun sa recherche, lui, c'est le blues, moi, c'est l'assassin. Enfin s'il y a crime. Le tout dans la mouise la plus complète, essuie-glaces à fond et codes allumés. Pas un chat sur la route, je roule à trente, le nez sur le pare-brise. Tout à coup une fulgurance me traverse le cortex… et s'il s'était suicidé… ce que je suis un peu en train de faire. À la différence que mon suicide à moi serait professionnel, répertorié et remboursé par l'insécurité sociale que j'aurais générée à me prendre pour un trompe-la-mort sur une voie publique détrempée ; évidemment, les assurances ne moufteraient pas, car j'étais en service commandé. Alors que pour notre vieil ami de soixante-dix-sept balais, les choses risqueraient de traîner pour les héritiers, la clause du suicide est toujours négligée par l'assuré.

Comme quoi on peut en dire et, en l'occurrence, en penser, des conneries, à vingt à l'heure sur une route connue, mais quelque part, vers l'inconnu, bientôt à l'arrêt, tous feux allumés, au milieu de bourrasques.

Je tourne à gauche vers Cassy. J'y suis presque…

Au grand dam des riverains, l'allée Gabrielle est bloquée et n'a pas connu une telle animation depuis la libération de Taussat. Deux véhicules de la gendarmerie dénommés il n'y a pas si longtemps « estafettes », une ambulance, la bagnole du légiste, du photographe, celle du maire, de Grelot, du plombier, sans compter le ou les journalistes locaux attirés par l'odeur du malheur et le curieux posé là tel le vautour quand la mort rôde.

Heureusement pour les carreaux de la demeure, la courette devant la maison est goudronnée et la marquise ample, sinon, avec ce qui tombe, un pédiluve aurait été nécessaire pour débarrasser les chaussures de la boue collée aux semelles. Un grand paillasson à l'extérieur et un autre mordant sur le carrelage intérieur font *grosso modo* l'affaire. J'ose espérer que des clichés ont été pris avant le défilé des autorités avec leurs gros godillots ; des traces de pas auraient pu être visibles et, sait-on jamais, une empreinte de semelle identifiable, on peut rêver… toujours dans l'hypothèse d'une agression. À l'heure où j'arrive, le sol ressemble à un tableau de Pollock.

« Capitaine Lapointe. Inspecteur Viloc, je présume, me dit-il sèchement, un peu hautain, le képi sous le bras gauche, en me tendant la main.

— Oui, c'est mon nom… » je lui réponds dans la foulée, puis je marque un temps d'arrêt pour évaluer sa culture générale... le Stanley local ne réagit pas (alors Livingstone, le sourire au coin des lèvres, se saisit de la main tendue).

Il porte bien son nom Lapointe, tout est en pointe chez lui, son nez, son crâne, son accent et d'après lui ses techniques d'investigation. Il a tout fait, m'assure-t-il, les photos détaillées de chaque pièce, le relevé soigneux, en cours, des empreintes digitales, rien n'a été touché et seul le légiste, le docteur Maure, a accès au cadavre dans la chambre. Il y fait d'ailleurs les premières constatations.

Aussitôt je hume un relent de patchouli dans la maisonnée, j'espère que ce n'est pas mon gendarme, le va-et-vient est incessant, mais après tout, les goûts et les couleurs ! Je n'ose approcher pour le renifler, cela ne se fait pas. Je n'ai pas le pif aussi pointu que le sien, mais le mien, en revanche, est affûté. J'observe aussi beaucoup par le nez, alors, à distance respectable, je l'écoute.

Je l'écoute, mais l'adage quelque peu trivial de mon dernier père d'adoption à Chambéry est toujours dans ma tête : « rien faire et laisser braire ». J'entends donc son autosatisfecit, le remercie, le laisse s'entretenir avec le correspondant de la presse régionale et vais me faire mon idée une fois l'agitation initiale retombée et les émanations de ce parfum trop sucré envolées.

D'abord parler avec le toubib.

Il est mort comment le Jeannot ?

L’ENQUÊTE

-4-

Mercredi, une journée sans surprise.

Sans surprise, Jérémy ne trouve rien dans les registres au sous-sol pouilleux de la salle d’archives.

Sans surprise, Marina ne réagit pas à l’annonce du décès de son père.

Sans surprise, *Croque*, le surnom donné au légiste par ses facétieux collègues, me confirme que Jean Decosse est mort étouffé avec un oreiller ou quelque chose d’approchant, le fameux objet contondant n’y est pour rien.

Sans surprise, dans l’allée Gabrielle peu ou pas éclairée, l’enquête de voisinage n’a rien donné, les voisins n’ont rien vu, rien entendu… ils sont vieux et sourds, beaucoup ont peur.

Sans surprise, Plaziat me convoque :

« Je ne connais pas votre relation avec les fantômes, Viloc, mais vous avez de sacrés informateurs (son œil brille, un brin perplexe). Franchement, Viloc, au tout début, je n'aurais pas mis un kopeck sur votre histoire, mais vous connaissant, j'ai fait le pari de l'improbable et j'ai eu raison. Les affaires sérieuses débutent, il y a du concret maintenant et la justice, elle aime ça, le palpable... j'attends vos rapports (j'ouvre la porte pour quitter le bureau). Viloc, vous pouvez peut-être mettre le nez dehors maintenant, vous allez finir par sentir le moisi à passer vos journées dans la cave. »

J'esquisse un sourire.

Concrètement, le nez dehors, je vais patienter, la teinte des nuages est passée du gris noir au gris foncé, alors patience. À propos de cave, je conviens avec mon assistant de surseoir à la recherche de l'épingle dans la meule de foin. L'examen sur le 21 septembre de l'année 54, encore une fois n'a rien donné, aucun événement lié d'une façon ou d'une autre à notre recherche, à la non surprise générale je dois dire.

L'enquête prend enfin du corps, comme un vin, jusqu'à présent nous n'étions que sur des effluves, sur des promesses, il a assez décanté, l'heure est à la dégustation et au jugement, mais là aussi il ne faut pas trop tarder pour le boire. Sinon il va passer.

Les interrogations deviennent dorénavant multiples, mais d'abord, pourquoi tuer ce bon bougre de Decosse, grand gaillard en plus, et comment ? Il a fallu le maîtriser. Aucun désordre notable dans la maison, signe, soit qu'il n'y a pas eu lutte, soit que tout a été soigneusement remis en place par le gang des femmes de ménage. Pour l'empêcher de parler? Sûrement. Mais de quoi? Problème d'Œdipe, tourment d'inceste puisque de fils caché il est question? Marina ne peut être l'instigatrice d'un tel acte, vu son état.

Alors qui et pourquoi?

Jérémy ira à Lescar pour inspecter l'appartement des Decosse et je me réserve la fouille de la villa de Taussat. Quant au père Grelot, il a encore des choses à me raconter. Il me l'a dit lors de notre rencontre hasardeuse et anisée au Pacha, à Andernos. Il a l'air de connaître Decosse bien plus qu'il ne l'a laissé entendre à Jérémy.

Parfois, je me prends à rêver d'un boulot simple, réglé, encadré, prévisible même si d'adrénaline il n'y aurait point, tant pis, je ferais sans; entre la semi-folie des uns, le passé trouble des autres et le crime établi, qu'il doit être doux de brancher le répondeur en fermant la boutique à dix-sept heures trente.

Marina est maintenant plus seule que jamais au milieu du bourbier. Elle ne gesticule pas, elle reste figée. La gomme de la conscience a seulement effacé un pan de sa mémoire, seul un passé plus ou moins lointain resurgit. D'où vient-il, de quelle époque et suite à quel événement? Jean Decosse m'avait parlé d'une « déconstruction graduelle » dans sa période adolescente, longtemps avant le décès de sa mère. Me voilà bien, personne n'est plus là pour témoigner et quand bien même, comment remonter le temps et faire resurgir les émotions d'une gamine troublée et, à l'évidence, choquée par, par… ?

Je vais y réfléchir ce soir dans ma tour d'ivoire en scrutant un horizon toujours lisse malgré la mauvaise humeur persistante des faiseurs de pluie.

J'ai convoqué Robert Grelot, demain à neuf heures.

L'ENQUÊTE

-5-

La nuit a été calme. Le cabanon ne s'est pas transformé en instrument à vent, la baie vitrée n'a pas tremblé, j'ai pu dormir. Avant de partir sous un ciel allégé, je constate, satisfait, que le clapotis du Bassin a repris sa brillance habituelle. Sur la route, les employés de la DDE s'affairent; ils réparent, débarrassent et nettoient les dégâts. Je mets un peu plus de temps qu'à l'accoutumée pour rejoindre Castéja, c'est ma montre qui le dit, car entre Didier Lockwood et Stéphane Grappelli, mes compagnons de route, la notion de temps est relative. J'arrive, il est huit heures trente passées. En montant l'escalier, je croise Rosa, la femme de ménage d'origine portugaise affectée à mon étage.

« Avec cit bonne temps, inspector, vous allech pouvoir o'vert lo f'nêtre, l'temps qui l'odor di cigarette y'a plou, avic lo nouvel loi, ché s'ra mieux pou moi, j'support plou cit odor do mégot. »

Je lui fais un sourire comme d'habitude et le temps de ce sourire me permet de traduire et de remettre dans l'ordre ses propos, enfin… pas toujours. Si le Français n'est pas doué pour les langues, il n'y a pas que lui. Rosa, quarante-six ans, Portugaise, vingt-deux ans en France, caractéristiques : une syntaxe et un accent encore très personnalisés. Cela dit, c'est vrai, je n'y pensais plus à cette loi Évin, quoique peu concerné, car petit fumeur, or depuis le 1er novembre de l'année en cours, fumer est interdit dans tout espace ouvert au public, trains, avions, cinémas, maternités, mais pas ici, hélas, à ce que je sache. Le pastis, lui, n'est interdit nulle part, ça rassure certains collègues. J'ouvre en effet la fenêtre, mais je crains deux choses, d'abord que le fumet de tabac froid ne fasse partie intégrante des murs puis d'attraper la crève. Je referme aussitôt les deux vantaux.

Jérémy est parti tôt vers le Béarn, mandat de perquisition dans la poche, un mot laconique sur mon bureau : « pas certain de rentrer dans la soirée ». Passer au crible un appartement inconnu peut réserver des surprises, alors *wait and see*. S'il pouvait m'y dégotter de précieux indices, je serais évidemment preneur, mais je n'ose y croire. Marina peut avoir des planques pour camoufler je ne sais quel secret. Cependant, je suis plutôt sceptique pour la simple raison que son paternel connaît tous les recoins de l'appart depuis le temps qu'il y habite, plus de vingt ans. Il m'aurait mis sur une piste.

Neuf heures vingt-cinq, mon ami du *Pacha*, Robert Grelot, se fait attendre. S'il était aussi ponctuel pour ouvrir sa boucherie, il a dû rater des ventes le garçon. D'un autre côté, il n'a plus vingt-cinq ans, puisque né l'année du naufrage du Titanic. À presque quatre-vingts balais, il les aura le 30 décembre, le saut du lit devient presque une cascade, accordons-lui le fameux quart d'heure bordelais, déguisé en demi-heure au bénéfice de l'âge.

Le dossier mentionne peu de choses ; sa vie, son œuvre, tout se passe à Andernos, naissance, mariage, activité professionnelle, seul le service militaire l'a tenu éloigné des rives du Bassin et encore à proximité, à Souge. Un an de service seulement, coup de chance, car à partir de 1935, c'était deux ans. Veuf depuis 1985, sans enfant, il vit seul au 12 rue des Alouettes à Andernos, dans la partie ancienne de la ville. Client assidu du Pacha, il passe son temps entre belote et apéro, il aime à dire qu'il fait sa B-A. Sa seule famille, une vieille tante qui veut refaire sa vie avec un gigolo.

Dix heures quinze, j'attends. Je n'aime pas ça, d'ailleurs qui aime attendre. Ceux qui n'ont rien à foutre sûrement et qui attendent que la cloche sonne pour aller en récré. Dans l'attente, la qualité de la patience est inversement proportionnelle à l'importance du rendez-vous. Pour ma part, j'aimerais avancer dans cette histoire à l'unique rebondissement dramatique, l'assassinat de Jean Decosse, le père de l'amnésique alitée. L'attente m'incommode, j'ai besoin d'air et sors dans la cour du commissariat.

Il fait chaud pour la saison, en effet, mais nettement moins qu'aux abords du 12 rue des Alouettes à Andernos.

Seuls les quatre murs fumants de l'andernosienne tiennent encore debout au milieu du petit terrain. Les pompiers ont été prévenus à six heures trente ce matin par le voisin le plus proche, heureusement non mitoyen. Ils ont circonscrit l'incendie peu après huit heures sans pouvoir sauver quoi que ce soit du bâtiment, se contentant d'éviter la propagation alentour. Le temps des tracasseries administratives, je suis informé de la mort de Robert Grelot à onze heures trente le jeudi 19 novembre.

J'ai déjà l'air marin du large, l'eau calme du Bassin ou remuante de l'océan, la terre sablonneuse du littoral, il ne me manquait plus que le feu, c'est fait. Tout va bien. Je vais arrêter de donner des rendez-vous, ils meurent tous.

Indices

-1-

Le docteur Maure, dit *Croque*, me confirme l'évidence sous la forme de bromazepam, un anxiolytique puissant.

« Dans le commerce il a pour nom Lexomil, facile à concasser, une bonne dose versée dans une boisson quelconque endormirait un éléphant, commente le toubib, et même avec la force d'un bébé qui tète, n'importe qui a pu étouffer Jean Decosse », conclut le légiste.

Me voilà bien avancé, la palette des suspects ne peut être plus large ; n'importe qui, autrement dit tout le monde. Qui n'a pas une tablette de Lexomil chez lui ! Les docteurs locaux Verdier et de Chorivit m'ont ri au combiné quand je les ai questionnés par téléphone sur les prescriptions de Lexomil.

J'ai l'habitude de démarrer une enquête sans grand-chose de concret, c'est vrai, mon *boss* m'en fait souvent le reproche, souvent pas de corps, mais une main courante, quelquefois c'est le cauchemar d'un père qui éveille mon intérêt, une autre fois comme dans le cas de Marina, la « yogi de la Pointe », une sensation malsaine m'envahit, mais là, pour une fois que j'ai un macchabée en chair et en os, rien : les relevés d'empreintes digitales n'ont révélé que des caractéristiques d'individus connus, Marina, Grelot et la victime, sans compter un ordre militaire dans la villa corroborant l'absence de poils, cheveux ou encore traces suspectes. Que dis-je un macchabée, deux tout récemment avec Grelot alias *Jeanne d'Arc* comme l'appelle finement Lapointe, le capitaine de gendarmerie qui au passage a eu la bonne idée de changer d'*after-shave*. Concernant l'incendie, tout a cramé dedans, Robert Grelot inclus, le gars ou ce qu'il en reste n'est pas beau à voir, le feu a dû démarrer non loin de lui dans sa chambre, un convecteur électrique a été retrouvé collé aux vestiges calcinés de son lit. L'intérieur étant lambrissé et les moquettes sûrement pas aux normes, l'embrasement a dû être rapide. Seuls son vieux biclou appuyé contre la clôture et son chat à trois pattes, Gédéon, un sacré de Birmanie aux yeux de saphir, pas hérissé pour un poil, sont indemnes. La cavale du greffier aux pieds blancs n'aura été ni longue ni hardie, jusqu'au muret, près du vélo. Première question : a-t-il brûlé tout seul ou l'a-t-on aidé ? J'ai une petite idée. Deuxième interrogation : que pourra faire le légiste sur un corps calciné, presque charbonné ? Je n'en ai aucune idée. Sans sortir major de l'École nationale de police, je me doute qu'il y a interférence entre les deux décès, pensée puissante attestée par le commissaire principal Plaziat, légèrement moqueur :

« Ben nous y voilà, Viloc, d'une vague intuition vous passez directement à deux estourbis d'un coup… et certainement pas par hasard. Puissiez-vous ne pas tomber sur le tueur en série du Bassin, le professeur Moriarty d'Andernos ou d'Audenge, que sais-je (il redevient sérieux). Maintenant, à la lecture de vos rapports, je constate que vous pataugez et pour cause, pas d'empreintes, pas de mobile, pas de quoi utiliser des séquences d'ADN, juste une amnésique dont l'état stagne aux dernières nouvelles et une discussion de bistrot avec un disparu sur un autre disparu… Vous connaissez le fameux "jamais deux sans trois" Viloc, vous devriez en trouver un troisième incessamment… non vraiment, j'avoue que je n'aimerais pas être à votre place, mon bon Viloc (je reste coi). La presse est sur nos talons, d'autant plus que ce con de Lapointe a cru bon de les alerter sur un éventuel lien entre les deux décès, il doit s'emmerder dans son bled cet abruti (il marque une pause). Bon écoutez, d'abord on va voir si on peut déménager Marina, la mettre sous protection en quelque sorte, la troisième victime, je n'aimerais pas que ce soit elle, ça ferait désordre (il fait un rictus de désapprobation). Ça, c'est une première chose et si rien ne bouge dans le mois à venir, j'ai peut-être quelqu'un qui pourrait vous aider (il marque un temps d'arrêt ne sachant pas s'il doit en dire plus, il se lance) un garçon qui n'est pas dans la police, il travaille pour nous de temps à autre… pas souvent, en ultime recours, car ce qu'il fait l'épuise, il n'est pas demandeur en fait… On en reparle…

— Vous voulez parler d'un physionomiste ou d'un profileur ?

— Non, non pas exactement, le physionomiste se trouve à l'entrée des boîtes de nuit et le profileur doit avoir fait ses armes dans les couloirs d'un hôpital psychiatrique, non, Viloc, ni l'un ni l'autre… il est différent de tout ça… allez, poursuivez vos investigations on verra plus tard… et dépêchez-vous, ça a l'air de décarrer vite fait dans votre quartier, il y aurait… le feu » (il sourit).

Toujours le mot pour rire, le *boss* et à propos de feu, les bonnes nouvelles viennent des pompiers et du légiste concernant le corps calciné de Grelot. Plusieurs départs de feu ont pu être constatés et notre croquemort affirme : « s'il y a eu absorption de substance médicamenteuse, il en restera des traces dans le cerveau, le crâne est encore en bon état. Je vais commencer par là, sinon j'irai fureter dans le foie et dans les poumons. De toute façon, je suis confiant ». Ça fait plaisir d'en avoir au moins un plein de certitudes dans cette affaire, maigre consolation devant le néant des indices répertoriés, car, bien entendu, Jérémy n'a rien trouvé dans la fouille de l'appartement des Decosse à Lescar, dans la banlieue de Pau, rien. Désolant. Dans une police toujours principalement tournée vers la procédure et les preuves matérielles, mon mode opératoire a du plomb dans l'aile.

L'accablement me ronge, en plus il fait beau. Ce soir, je fais une cure du fabuleux *Live at Montreux 72*, avec Jean-Luc Ponty, un violoniste classique qui, grâce à Miles Davis et John Coltrane, a basculé dans le jazz pour le plus grand plaisir de mes oreilles et de mes nerfs. Là, pas besoin de prendre des notes, elles s'impriment direct dans mon cerveau et s'ordonnent sans effort, puissent-elles m'aider pour le reste !

Indices

-2-

« J'en arrive à penser que finalement le criminel, c'est toi. »

Cette curieuse affirmation m'est destinée et elle vient de la bouche de Lily, oui, de Lily… Quel ne fut pas mon étonnement quand la petite, voulant absolument visiter mon bureau et plus généralement le site de Castéja, m'a asséné cette vérité. Les rôles semblent s'inverser, moi à ma place d'inspecteur, en principe du bon côté du bureau et elle, en jupe écossaise devant moi, qui d'un coup de baguette magique, par une simple phrase, transforme la place du prévenu en celle d'accusateur, de procureur du ministère public.

Solange en profite pour un déjeuner en amoureux avec Jérémy pendant que j'encaisse les remarques de la philosophe en herbe. Nous, on s'est fait *rapido presto* le *Rat Mort*, Lily n'aime pas traîner à table, elle voulait me parler. Éberlué par son introduction, je l'écoute.

« Eh oui Anselme, le responsable de cette hécatombe, c'est toi (elle tourne son regard juvénile vers un côté du plafond, cherchant l'inspiration). C'est un peu comme la vase… oui comme la vase…

— La vase ? je répète, incrédule… Je pense à Marina qui a du mal à établir le rapport, moi aussi en l'occurrence.

— Ben oui, quand la marée monte sur la partie vaseuse de l'île aux Oiseaux par exemple, l'eau y est belle, claire, on y voit nettement les crabes marcher de travers ou les petites crevettes brillantes filer comme les éclairs, mais dès que tu mets un pied dans la vase, l'eau se trouble instantanément et tout ce beau monde fout le camp, s'éparpille, se disperse.

J'ai failli dire « façon puzzle », mais je me contrôle pour ne pas la couper dans son élan. Elle poursuit, sérieuse :

— Eh ben toi, c'est pareil. Tout allait bien sur la plage, le soleil pointait le bout de son nez, le vent caressait la dune et l'océan occupait, comme d'habitude, une grande partie du décor. Près d'un blockhaus en pente douce, une femme médite en position de yoga. Mais pour Anselme Viloc, il n'est pas bon de méditer trop longtemps ! Et c'est là qu'intervient… le fameux pied dans la vase… mais qui te dit qu'elle ne serait pas revenue à elle si tu lui avais fichu la paix, beaucoup ont besoin d'une certaine durée de contemplation avant d'atterrir et puis l'inconscient ne comprend que le positif, les méthodes à la Rambo c'est bon pour les navets américains… tu le sais ça ! Résultat, une amnésique, deux morts… bon, deux crimes tu vas me dire… mais était-ce vraiment nécessaire ?

Son regard n'est plus celui d'une enfant de douze ans. Sans me transpercer, ses yeux noirs m'interrogent. Il y a en effet deux morts et surtout deux crimes. *Croque* m'a confirmé dans la matinée la présence d'un anxiolytique identique trouvé chez Decosse et dans le cerveau de Grelot. J'avoue être perturbé par l'analyse pour le moins humaniste de Lily. Là encore je dois rassembler vite fait mes idées pour faire front :

« Ma petite chérie, je ne suis pas le Mahatma Gandhi et même si mon intervention t'est apparue brutale, le rôle d'un policier est de venir en aide à des personnes en détresse et j'ai estimé que cette femme, sur la plage, à ce moment donné, ne présentait pas tous les aspects d'une personne en pleine possession de ses moyens. Il était de mon devoir de lui venir en aide (je la fixe, elle fait mine d'acquiescer). Je n'ai peut-être pas l'art et la manière d'appréhender le problème en terme d'approche psychiatrique, mais je reste persuadé que Marina, puisque c'est d'elle dont il s'agit, véhicule un lourd passé, un traumatisme sans doute… j'en ai pour preuve le commentaire du professeur Arzuelos : “elle mettra plus de temps à se réveiller qu'un somnambule surpris en haut d'un escalier abrupt”. Pour parler de Marina, je te signale qu'elle a été transférée en catimini à l'extérieur de Bordeaux dans une maison de repos dirigée par un certain docteur Angot (la petite est étonnée). Oui, on l'a transférée pour deux raisons, de sécurité d'abord, car avec deux cadavres de son entourage sur le dos, on préfère la préserver et, second motif, elle va un peu mieux… c'est une bonne nouvelle (elle en convient). Et pour revenir à ta question, était-ce vraiment nécessaire ? Ma réponse est oui et pour rebondir sur la métaphore de la vase, ma solution à moi est de dévaser, tu sais, on le fait dans les ports embourbés, et on la remplace par du sable fin.

— C'est fou comme les adultes ont besoin de tout chambouler, reprend-elle sans laisser de temps mort, presque de façon épidermique, la nature a ses droits, elle nous accueille, non ? Pour te donner une idée, l'histoire de la Terre remonte à plus de quatre milliards d'années, le premier poisson pourvu d'arêtes à cinq cents millions et l'apparition de la branche qui a conduit à l'homme seulement à environ sept millions d'années… juste pour remettre les pendules à l'heure. Alors l'homme n'est rien par rapport à la nature, Anselme, rien du tout, *peanuts* (elle monte le curseur du volume de sa voix). Tiens, par exemple, il construit une bombe atomique pour tout casser, mais c'est un pet de lapin par rapport ne serait-ce qu'à l'énergie dégagée par la foudre, la longueur d'un éclair va de cent mètres à vingt kilomètres et il va à quarante mille kilomètres par seconde, tu le sais ça ? (elle dessine des grands Z en direction du ciel à travers la fenêtre). Alors comparée au Big Bang, ta bombe, c'est négligeable, insignifiant, un clignement d'œil, et toi tu veux dévaser, détruire la flore, casser l'écosystème, en gros faire ta loi (elle se calme). Non Anselme, tu te trompes, dans ton enquête il y a sans doute anguille sous roche, pour parler un peu de faune (elle sourit tout de même) la solution doit être là où tu as trouvé cette femme. J'ai beaucoup pensé à ton histoire… maintenant, je ne suis qu'une gamine et à mon âge on est proche de la nature par essence, alors je l'écoute. Rappelle-toi, comment a-t-on retrouvé papa ? Tu te souviens de la tempête… c'est quoi la tempête, une invention de l'homme ? »

Sur cette interrogation pertinente, un toc-toc rapide précède Solange et Jérémy hilares. Apparemment nous n'avons pas les mêmes préoccupations et les leurs, visiblement, les réjouissent. Un voile de désapprobation assombrit le regard de Lily, elle aurait bien voulu poursuivre la conversation. En ce qui me concerne, ce toc-toc correspond plutôt au coup de gong libérateur. La petite se lève, arrange sa queue-de-cheval, vient m'embrasser et me glisse à l'oreille :

« On en reparle… »

INDICES

-3-

La nature, je n'ai pas envie de l'abîmer, moi, Anselme Viloc, simple inspecteur de police. Je l'aime la nature, elle m'a toujours choyé, de Chambéry jusqu'ici, dans ce coin de paradis, les pieds dans l'eau. J'aurais mauvaise grâce à vouloir la détruire, c'est elle qui m'a, en grande partie, reconstruit. En plus, comme l'a bien noté Lily, sa fureur a permis le dénouement d'affaires tordues. Le lien qui nous unit est intime. J'écoute aussi Lily qui conjugue étonnement, réflexion et pragmatisme. Sa suggestion d'une solution en retournant sur la dune, près du bunker en bascule, m'a interpellé, car c'est exactement ce que je me proposais de faire avant l'avalanche d'intempéries qui a frappé la région. Moi, je les aime, les ambiances d'apocalypse. Oui, j'aime ça, mais d'ici à aller réfléchir dans la tourmente, isolé au milieu de tourbillons de grains de sable et sous des abats d'eau, dans l'œil du cyclone, il faudrait être masochiste. J'irai donc demain, un peu à la fraîche, mais sous le soleil. La houle sera calmée, rassasiée de grignoter le rivage, là-bas dans le lointain ses petits moutons blancs surfant la crête des vagues. Jérémy, lui, s'occupera des recherches sur les frères Livrac, la fratrie de charpentiers pendant la guerre dont Grelot m'avait parlé au Pacha juste avant l'incendie.

À propos du *Pacha*, un arrêt à Andernos, ce soir en rentrant, s'impose. Ne serait-ce que pour savoir comment la disparition de Grelot est vécue dans le landernau et qui sait, glaner une ou deux informations qui feraient avancer le schmilblick.

Il est dix-neuf heures quinze, il fait nuit et la carotte rouge en drapeau du débit de tabac a le clignotement sportif. L'endroit respire la convivialité et la fumaille. L'un va rarement sans l'autre dans ce type de lieu. Un bon Cloclo à fond dans le juke-box réjouit certains nostalgiques des Clodettes et en pousse d'autres à esquisser quelques pas par attachement à feu notre Zébulon national monté sur piles devenu icône par la grâce de l'EDF. Au milieu des « Alexandrie, Alexandra », derrière le comptoir, Roger s'active, sa femme Maryse est à la caisse et une petite employée s'occupe de la salle. Il fait chaud. Il doit faire encore plus chaud pour la plupart des habitués qui, l'alcool aidant, se retrouvent dépenaillés et les joues roses. J'aperçois Jean-Claude le coiffeur vidant une bière, Armand, le peintre à la mèche, en mode récupération, un Vichy dans une main, une clope dans l'autre, la *Callas* stoïque devant un verre de rosé, le trémolo en attente d'un apaisement volumétrique et bien d'autres gesticulateurs à qui je n'ai pas encore eu le plaisir d'être présenté, dont la notoire bande à Crémier en train de taper un carton dans la bonne humeur. Partie assaisonnée de blagues plus ou moins graveleuses issues pour la plupart de la bouche de Crémier lui-même, un débonnaire trentenaire ventripotent à la brune toison frisée. Albert, son bras droit de toute évidence, ponctue de sa voix rugueuse, entonnant un « il a très bien parlé, buvons à sa santé » pas toujours d'une justesse académique à en croire le regard glacé lancé par la pseudo-diva au visage délabré.

Robert Grelot est certes encore dans les mémoires, mais la peine affichée par ses anciens coéquipiers de bistrot est difficile, voire impossible à déceler tant les esprits sont embrumés et les voix éraillées, peut-être une façon à eux de lui rendre hommage, une sorte de rite initiatique. Quoi qu'il en soit, devant ce public électrisé par l'interprète du *Lundi au soleil*, difficile d'avoir une conversation suivie.

« C'est comme d'habitude et encore, j'ai pas de grands malades, des putes ou des bagarreurs, souligne Roger en haussant les épaules. "Roger, le spécialiste du poivrot qui gère bien le dégueulis ! Ça tombe bien, il aime faire le ménage...", répète en boucle ma sarcastique épouse à qui veut l'entendre. Il faut dire que le ménage, je le fais, au sens propre comme au figuré, pour avoir la paix sociale, mais on n'est jamais à l'abri d'un branquaille… Ceux que vous voyez là, inspecteur, ils sont des gentils, ils vont se calmer à l'heure de la soupe d'ici (il regarde sa montre) allez, un bon quart d'heure… pas avant… de toute façon après, je les vire. »

Sous les miroirs biseautés, un Perrier menthe et la banquette en skaï rouge me font patienter. Je me sens bien dans cette arène bruyante, ça fait partie de mon métier, le chahut, la diversité, le vice. Observant le manège, je réfléchis aux vertus d'un tavernier. Elles doivent être multiples : vigilance du flic, patience du psychanalyste et bonté du curé. Qualités indispensables pour la bonne marche du commerce. Comment rester des heures à écouter sans broncher des discours qui, à jeun, paraissent encore équilibrés et sensés et qui, quelques degrés plus tard, se révèlent incongrus, déplacés, voire haineux, le tout précédé de : moi, j'vais t'dire ; si c'était moi ; à leur place, et les fameux y'a qu'à, faut qu'on. Sous ses airs bourrus, Roger est non seulement patient, mais humaniste. Car il faut l'être pour garder son calme au milieu de ce flot de salmigondis de banalités. Une drôle de paroisse cet endroit et de drôles de paroissiens. Tous des fidèles, adorateurs de l'instant, adeptes d'un éphémère répétitif, leur chapelet, c'est la tournée. C'est à qui parle le plus haut, montre la plus grande détermination, pataugeant dans les poncifs. « Le malheur… se retrouve toujours… dans un verre… surtout… s'il n'a pas de fond », me confie en plusieurs fois un spécialiste de la discipline à l'œil vitreux, venu me tenir la jambe, me croyant, sans doute, exclu du groupe d'*aficionados*. En trois minutes hoquetantes je sais tout de lui, me confirmant ainsi la diversité de l'espèce, lui ayant été médecin avant une séparation difficile ; du grand classique, Gérard Philipe dans *Les Orgueilleux*, en moins beau, mais en chair et en os. Il n'y a pas que des idiots qui boivent, mais trop boire peut rendre idiot.

« Et ce bon Robert nous a cassé la tête avec la location de la villa de sa tante à son vieux pote Jeannot, s'il ne l'a pas répété cent fois après ses parties de belote et avant les deuxièmes mi-temps, il ne l'a pas dit une fois, me précise le patron une fois la salle aux trois quarts vide ».

Seuls mon ancien toubib et la *Callas*, de plus en plus déformée, s'accrochent encore au zinc tandis que Crémier et son troupeau partent bifurquer par chez Loulou, au *Bar de la Plage*, le bistrot près de la jetée.

Roger continue :

— Et juste la nuit avant sa mort, tout le bistrot était au courant de sa convocation à Castéja, il a dû le claironner dans toute la ville, il était fier… ah que oui, il était fier, il disait qu'il allait en raconter des histoires, des vertes et des pas mûres, à monsieur l'inspecteur Vidroc… oui il disait Vidroc (il sourit en essuyant un verre), j'avais beau lui dire Viloc, il n'en démordait pas, c'était Vidroc… à la fin de chaque apéro il était toujours dans l'approximation l'animal. En revanche, il se souvenait bien du rendez-vous, il a même dit en partant : “J'aurais pas besoin de somnifère pour ronfler, il faut pas que j'oublie de mettre le réveil, sinon il va m'attendre le poulet", et tout le bar d'entamer avec entrain *Frère Jacques* sous la houlette de la *Callas* bien sûr... quand il s'agit de beugler elle n'est pas la dernière celle-là et elle est directive la garce avec sa tronche en biais, il faut être dans le temps (il prend une voix contrite). En attendant, il n'a pas sonné les matines, ça c'est sûr.

Il fait nuit noire, je m'éclipse avant que les derniers fidèles ne quittent le sanctuaire. Un petit Grappelli pour la route, le bonheur.

Sylvia ne sera pas rentrée, elle travaille de plus en plus tard.

INDICES

-4-

Sept heures, je suis debout tôt ce matin. Le jour se lève et le thermomètre taquine les cinq, six degrés. Le Bassin reflète l'humeur du ciel, il me sourit.

J'ai pris le raccourci à partir du rond-point précédant celui de la Pointe. L'accès au blockhaus en bascule est direct depuis cet endroit. C'est d'ailleurs là que Marina était descendue ce fameux jour de septembre. Et là, après une courte marche, en haut du promontoire de sable, la plage se déroule comme une abaisse. La marée basse rend lisse la partie encore humide, laminée elle aussi par le même rouleau. Elle laisse apparaître les baïnes, échancrures naturelles dans ce long ruban. Le béton gris des anciens bunkers de première ligne émerge à trois ou quatre jets de grenade de celui en équilibre. À marée haute, la plupart sont invisibles, noyés avec le passé. Un vent de sud-est soutenu balaie la crête de la dune et fait s'envoler les grains de silice. Je m'assieds sur un vestige, une plaque encore visible de ce mille-pattes en ciment destiné à transporter hommes et matériels pour édifier le mur de l'Atlantique. Le vent a creusé la dune et les intempéries de ces derniers jours ont accentué le phénomène d'érosion. Les pieds dans le vide, j'imagine ces grains de sable quittant un par un leur position intermittente, minant ainsi ce que l'homme croyait avoir bâti pour une certaine éternité. Me vient alors en mémoire ces vers appris à l'école de Chambéry il y a longtemps :

Les grains de sable sont alphabet,
Chaque pincée est une pensée,
Soufflée par le vent sur la dune,
Si grand soleil, ou temps de lune.

Le sablier est une prison,
Qui fait vaciller la raison,
L'esprit ne peut vivre attaché,
Cassez le verre des préjugés.

Le temps n'est pas le seul qui passe,
À la fin, des guerres on se lasse,
Allongez-vous sur le côté,
Voyez le sable virevolter.

Dérisoire vanité qui, malgré les exemples transmis par l'Histoire, ne se résout pas à prendre un temps de réflexion. Faire le deuil du pouvoir, voilà une chose impossible à qui y a goûté. Faire le deuil du pouvoir, obligeant à nous retrouver face à un nouveau démiurge à intervalle régulier et, j'en ai peur, jusqu'à l'extinction de notre race. Ces constructions massives destinées à être perpétuelles en sont la preuve.

Assis sur la plaque granuleuse, j'ai froid, aux fesses d'abord puis à la tête. De cette position exposée, je saute sur le sable mou, dans la pente de la dune pour me protéger de l'offensive ventée et me retrouve à l'emplacement exact de Marina le jour où je l'ai récupérée.

La vigueur du soleil de huit heures ne me réchauffe pas, mais la masse de béton à ma gauche et le mur de sable au couvercle de ciment derrière moi forment une cuirasse. Les mains dans les poches de ma doudoune, debout, j'observe, je réfléchis.

Je pense à Jipsy, l'épagneul de mon voisin de cabane, elle serait mieux à fureter ici qu'à faire du canapé chez son maître alité. Elle jouerait à faire l'essuie-glace, balayant l'estran entre les vagues molles et la falaise érodée, de la bugrane rampante à l'écume du jour. Je pense au criminel que je suis, virtuel, mais criminel tout de même, responsable, selon Lily, du carnage de ces derniers jours, des disparitions de Jean Decosse et Robert Grelot. Je pense à sa réflexion : « la solution se trouve là où tu as trouvé cette femme ». Si Marina est médium, réincarnée ou je ne sais quoi d'autre et si elle est venue se poser là, une indication doit s'y trouver. Je regarde le ciel, il est pur, j'observe le sable, il est glabre, mes yeux se posent sur l'océan, il est apaisé. Les chevaliers gambette jouent à cache-cache derrière les monstres de béton et les mouettes s'amusent à remonter au vent vers l'intérieur des terres, à leur rythme, coup d'aile après coup d'aile, sans urgence. J'adore ce moment où l'oiseau me regarde. J'imagine qu'il possède la solution, vue de là-haut. C'est ça, il faudrait que je survole le site. Je souris, je me prends pour Icare, le pauvre, il a mal fini. Et pourquoi pas en mode spéléologue, à creuser sous le blockhaus ? Les fondations ne font que dix mètres d'épaisseur, peut-être pas celles-ci, sinon il n'aurait pas basculé. Je souris à nouveau, décidément l'air du large suroxygène mes cellules grises et me fais côtoyer la divagation. Non, tout est calme et ordonné. L'harmonie de l'endroit ne peut être plus parfaite, les ondes négatives se sont fait la malle il y a longtemps maintenant et le mystère qui entoure Marina s'en accommode. Je suis bien, lové dans mon coin, réchauffé par des rayons efficaces, il est presque dix heures. Je serais bien resté dans cet état béni de contemplation, malheureusement, comme on dit en anglais, *I have to go*, je dois partir, j'ai une réunion à onze heures trente à Bordeaux.

Je quitte la grâce, fais volte-face et remonte la dune. Au moment de contourner l'abrupt de l'ancienne piste en ciment, mon regard est attiré par une tache sombre qui ressort des strates de sable compacté. Je redescends de quelques mètres et découvre, en grattant autour, un bout de tissu de ce qui doit être une sorte de bâche mise certainement à jour par l'épisode d'érosion dû à la récente tempête. Mon cœur bat la chamade, la trouvaille s'avère être de belle taille. Je n'insiste pas, file jusqu'à la première maison habitée et téléphone à qui de droit.

Le vent a l'air de tourner, *I have to stay*…

La découverte

-1-

Lapointe et son *after-shave* sont les plus prompts à pointer képi et effluves. Il est singulier le gaillard, il veut tout savoir, et le premier. Enfin une histoire qui sort de l'ordinaire pour lui, fonctionnaire irréprochable déplacé de la région parisienne pour ingérence, tiens, tiens… Le ronron des excès de vitesse, alcoolémie et autres bagarres et tapages nocturnes doivent anesthésier ce personnage tout en pointe doté d'une certaine logique :

« Hum, ce n'est pas tout jeune, dit-il en effleurant le bout de tissu mystérieux pendant que les gendarmes établissent un cordon de sécurité. On va attendre la Scientifique, on ne sait jamais, si c'était une bombe. »

Il cherche dans mon regard une lueur d'approbation suite à sa réflexion de fin limier.

— Certes capitaine, mais une bombe sous bâche, je doute qu'elle soit amorcée, cependant vous avez raison, prudence, sait-on jamais…

Les apiculteurs du SRPJ, comme les appelle Jérémy, ne sont pas là avant une bonne heure et demie, ils viennent de Bordeaux, le temps qu'ils réagissent. À moins que les artificiers de la préfecture ne soient plus prompts, on verra bien. Attendre près de deux heures avec Lapointe, la punition, certes à la Pointe, dans un environnement hors du commun, sous un ciel d'Immaculée Conception, seulement distrait par le ronflement de l'Atlantique et les chamailleries de pluviers, mais deux heures quand même… avec Lapointe. Ni l'un ni l'autre, nous ne voulons lâcher l'os enfoui dans la silice. L'archéologue qui sommeille en moi me dit que la trouvaille va donner un coup de fouet à l'enquête. Lapointe, lui, se dit sans doute que ça ne peut que bouleverser sa routine, une bonne déferlante, ça change des monotones marées du fond du Bassin.

En fait, si l'archéologie est bien invitée dans la recherche, il appartiendra à l'anthropologie d'étudier et d'analyser le contenu extrait de la strate sablonneuse avec grand soin par les hommes de l'art. Pas d'engin explosif camouflé dans la bâche imperméable, au grand soulagement de Lapointe, mais un cadavre d'enfant recroquevillé. Entre le sentiment de dégoût et celui de soulagement, ma raison résiste, pas mon estomac. Il flanche sans réaction de dignité possible et m'oblige à m'isoler à la hâte. Misérablement penché en avant, l'avant-bras droit sur la lisse paroi du blockhaus en dévers, je sens l'œil narquois de ce fourbe de Lapointe posé sur moi. Moi, le simple inspecteur émotif pris de soubresauts irrépressibles. Et si j'allais lui dégueuler sur les pieds à ce con ? Au bout d'un moment, mon estomac n'a plus grand-chose à dire. Je fais volte-face vers l'océan, témoin impassible de ma faiblesse, pour m'essuyer les yeux et les commissures des lèvres. Une grande respiration d'air iodé me dope à nouveau. Je repars au combat et m'enquiers auprès de la brigade toulousaine de la procédure et de la chronologie des opérations. En gros, une bonne semaine avant les premiers résultats, courant décembre, m'annonce le responsable.

Le squelette emballé, listé et toujours recroquevillé part pour analyse en direction de Toulouse, le plus proche des cinq laboratoires PTS de l'Hexagone, et Lapointe s'envole vers Andernos, certainement pour pérorer sur son intervention décisive dans ce qui est désormais l'affaire du squelette de la Pointe : c'est sûr, il va jouer sur les mots, ce benêt, lors du point presse qu'il a dû déjà organiser.

J'ai l'impression bizarre d'être sorti de mon corps, de survoler les événements, regardant, sans intérêt particulier, les gens s'affairer. Personne ne me réclame, je suis invisible, inutile. Peut-être que le fait de m'être vidé a fatigué mon esprit, alors je m'assois à nouveau sur la dalle en ciment. Le ruban de balisage rouge et blanc « Police Zone Interdite » est toujours là, frémissant au vent dans un bruit caractéristique de cerfs-volants, bruit lancinant qui ne se taira que si le vent cesse. Les vibrations régulières du cordon en plastique ajoutées au perpétuel grognement sourd de l'océan rendent l'endroit hypnotique.

Je rentre dans la tête de Marina, dans son évasion, dans sa déconnexion. La mienne sera brève. La fraîcheur du soir me sort de ma torpeur. Je ne sais pas combien de temps je suis resté prostré, assis sur la dalle, deux heures, peut-être trois. La lumière du jour baisse. J'ai faim. Je reprends mes esprits. Je suis rassuré, car je peux rassembler mes pensées dans un résumé de la journée que je voudrais exhaustif, demain, un rapport m'attend.

Sylvia ne sera encore pas là, elle travaille tard, de plus en plus tard.

La découverte

-2-

Je commence à penser qu'une bonne dose d'ésotérisme anime l'enquête : à propos des victimes, Plaziat me parle du « jamais deux sans trois », en effet, en voilà une troisième ; Lily, je reprends ses termes : « la solution se trouve là où tu as trouvé cette femme », en effet, on déterre un corps ; et Marina, surtout Marina avec son « je sais où est mon fils, je sais où il est », repérée en hypnose à cinq mètres à peine en aval du squelette d'un enfant qui n'est pas le sien.

Sans être désemparé, je suis, comment dire, déboussolé, voilà, déboussolé par cet imbroglio mélangeant concret et abstrait. Le nombre de cadavres, c'est le tangible et la somme de prophéties accomplies, c'est l'inexplicable. Trouver des ossements d'un enfant de trois, quatre ans datant au moins de la dernière guerre, car inhumés sous la piste en ciment construite par les Allemands, c'est une chose... mais se douter, cinquante ans plus tard, de la part d'une jeune femme de trente ans, que le gosse est enseveli là, je suis désolé, mais quelque chose m'échappe.

D'habitude placide, la nature des victimes impliquées laisse perplexe le moqueur commissaire Plaziat :

« Dites donc Viloc, j'espère pour vous que le prochain macchabée ne datera pas du quinzième, parce que là, bonjour le bordel... déjà que je vous vois mal embarqué (il reprend son sérieux). Avez-vous une piste, quelque chose ?

— Pour rester dans la métaphore du quartz et de la silice, commissaire, j'ai l'impression d'être dans un désert et en plus, ensablé... j'ai encore un peu d'eau, mais pour combien de temps ? Si vous connaissez l'adresse d'un chamelier... ? (Moi aussi je peux plaisanter, il sourit). Plus sérieusement, Jérémy est sur la piste des frères Livrac pendant la guerre, Alfred et Yves (Plaziat a l'air surpris), vous vous rappelez, ceux qui ont travaillé avec Decosse sur le mur de l'Atlantique (il acquiesce, mais j'enfonce le clou) eux, ils posaient les coffrages en bois avant que Decosse ne déverse le béton pour la construction des pistes d'accès aux positions de défense, vous y êtes ? (il confirme d'un hochement de tête). Alors pour ça, il doit consulter les archives départementales, faire des recherches généalogiques et aller sur le terrain retrouver des survivants qui se souviendraient de quelque chose, et... »

Plaziat me coupe dans mon élan :

« Alors là, ce n'est pas demain la veille qu'il a un résultat, s'il en a un… et vous Viloc, vos archives ?

— Justement j'y venais, je reprends, agacé. Pas plus tard que demain matin, je vais consulter les 21 septembre concernant la guerre, des années 39 à 45, peut-être ferai-je enfin bonne pioche… »

Il me coupe la parole derechef :

« Pourquoi demain ?

— Laissez-moi finir (j'ai failli ponctuer par "merde"), parce que cet après-midi je vais là où on a planqué Marina, sur la rive droite, dans la maison de repos dirigée par le docteur Angot, un psychiatre empirique, il paraît qu'il y a du mieux, m'a informé le praticien ce matin très tôt, il semblait ravi de la nouvelle. Dès lors, je vais voir avec lui comment aborder la découverte de ce corps d'enfant… faut-il lui dire ou pas ? Quelle va être sa réaction ? Car entre la normalité et le passage en zone rouge, on est bien placés, commissaire, nous aussi, pour connaître la complexité et la fragilité de l'esprit humain, non ?

— Pour connaître, oui Viloc, mais pour comprendre, c'est une autre paire de manches (il se lève, attrape un dossier et m'accompagne à la porte, il sort avec moi). Mais finalement comprendre, ce n'est pas notre boulot. Alors bonne chance, Viloc.

— Pourquoi bonne chance ? je m'étonne.

— Parce que d'abord la rive droite, c'est dangereux, c'est bien connu et comme ce n'est pas votre endroit de prédilection, ne vous perdez pas. »

Il me tape sur l'épaule en se marrant et monte les escaliers quatre à quatre.

Je reste pantois dans le couloir à le regarder disparaître dans les étages telle une fusée dans les nuages. « Comprendre n'est pas notre boulot » il dit le *boss*, justement si, pour moi il est essentiel d'essayer de comprendre les mécanismes de l'esprit. Je ne crois pas au manichéisme, chacun peut dériver, ça ne tient à rien, une date de naissance, une éducation, une rencontre, une coïncidence significative. Et bien plus que de comprendre, ma satisfaction de policier sera, *in fine*, d'accepter le résultat, de le valider en quelque sorte… Connaître, comprendre et accepter sont les trois moteurs qui me tractent dans mes enquêtes et là, je connais, je sais enfin le pourquoi de la présence de Marina sur la plage, le squelette ancien en est le témoignage. Il ne me reste plus qu'à connaître le ou les assassins de Decosse et de Grelot et j'aurai fait le tiers de mon boulot. Ensuite il faudra comprendre.

Il y a du pain sur la planche.

La découverte

-3-

Un anticyclone venu du nord poussé par des vents actifs s'est installé sur la région. Résultat, sous un ciel laiteux, l'après-midi on se gèle. L'établissement du docteur Angot se dévoile au sommet d'une côte, à la sortie d'un virage. Les rares arbres à feuilles persistantes le bordant ne lui confèrent pas un aspect chaleureux. Le bâtiment est long, de plain-pied. Nappé dans un givre tenace il me fait penser à un compartiment de congélateur à fenêtres. Quelle idée farfelue que de comparer une maison de repos à un congélateur ! Je ne vais pourtant pas trouver de surgelés à l'intérieur, mais peut-être que les idées, les pensées ou les réflexions des pensionnaires sont restées figées dans une glace intellectuelle.

Marina est debout dans une chambre aux teintes rosées, apaisantes. Elle est immobile devant la baie vitrée à observer un rouge-gorge, sans doute affamé, fourrageant dans une jardinière, sous un eucalyptus au tronc noueux. La souple et longue chevelure auburn de la jeune femme se déploie en corolle lorsqu'elle se retourne à notre entrée. Exit le regard hypnotique. Je vois enfin l'expression d'un visage adouci, ses yeux noisette se plissent légèrement pour me dévisager, elle ne me reconnaît pas. Le docteur Angot m'a expliqué que sa patiente a retrouvé une certaine cohérence cérébrale dans la vie de tous les jours. Elle lui parle maintenant sans désarroi de son père avec qui elle a longtemps vécu, de sa mère qui lui répétait, petite : « donne bien la main à maman et ne suis pas n'importe qui, tu as compris, tu as bien compris » et bien sûr de son fils, réitérant à l'envi le fameux « je sais où est mon fils, je sais où il est ». Le mur d'incompréhension jusque-là infranchissable se lézarde, « enfin un dialogue s'engage, elle parle peu, mais elle parle », me confie le spécialiste, soulagé. La mort de son père ne l'émeut pas, elle la reçoit, elle l'entend plus qu'elle ne la comprend et les cendres de Grelot, son logeur parti en fumée, ne l'empêchent pas de respirer. La planète raison l'accueille à nouveau, la descente sur terre est délicate, le sol est encore meuble. Il faut s'y prendre avec douceur et tact.

« Marina, je vous présente Anselme Viloc, un monsieur qui a bien connu votre père, commence le docteur d'une voix linéaire et posée. Il vient vous voir aujourd'hui, d'abord pour prendre de vos nouvelles et puis aussi il voudrait vous annoncer quelque chose (il hésite) quelque chose d'important… »

La fixité morbide de ces derniers mois a définitivement quitté ses prunelles pour laisser place à de l'interrogation.

« Important ? Excepté mon fils, plus rien n'est important, docteur… je ne vois plus personne, mais finalement je n'en ressens aucun manque… ma grand-mère me manque tout de même (elle esquisse un tendre sourire) une femme qui a souffert… terriblement souffert… elle est toujours avec moi, dans un coin de mon cœur, elle est partie, j'étais très jeune… et aussi madame… (elle stoppe net sa phrase, se trouble, dix secondes s'écoulent, elle se ressaisit) voilà docteur, à part espérer retrouver mamie la nuit dans mes songes, je ne vois pas ce qui pourrait être important.

Angot m'a prévenu qu'un nouveau personnage avait fait son entrée sur la scène, la grand-mère. Nous y voilà, mais il n'arrive pas à savoir si c'est la paternelle ou la maternelle. Visiblement une madame X s'invite dans la ronde, mais Angot ne la brusque pas néanmoins, il préserve le fragile équilibre ; les progrès sont réels et il ne voudrait pas qu'elle replonge, un peu comme la congélation, une fois l'aliment décongelé, interdiction de recongeler, sinon on jette.

Et vient l'annonce faite à Marina, la mort de l'enfant. Silence. Elle me fixe, ne semble pas comprendre. Puis lentement s'assoit sur son lit face à la baie vitrée. Un couple de corbeaux est là, sur la pelouse blanchie, à l'écoute, une voiture passe non loin d'eux. Un coup d'œil au toubib avant qu'elle ne plonge la tête entre ses mains et sanglote. Le toubib me fait signe de ne pas intervenir, il faut la laisser s'épancher, vider toutes les larmes de son corps et avec un peu de chance un morceau de sa folie viendra avec. Désencombrer son esprit, l'épurer, c'est ce que le docteur Angot s'efforce de faire depuis son internement et il a pris la décision de lui annoncer la nouvelle dans ce but, une sorte d'électrochoc rédempteur, un pari. Nous sommes immobiles dans la chambre à supporter le râle continu de Marina et à observer les deux corbeaux, symboles de tristesse et de malheur, s'escrimant, par des évolutions spectaculaires, à trouver une pitance en piquant le sol durci. Le spectacle de ces volatiles pourrait être un mauvais présage, mais Lily m'a affirmé qu'ils sont les plus intelligents du règne animal, conjuguant prudence, sociabilité, courage et fidélité, « les couples restent unis pour la vie », argument massue et, en guise de conclusion, elle avait été jusqu'à conspuer La Fontaine qui, à ses yeux, faisait passer l'oiseau noir pour prétentieux, hâbleur, bref un peu benêt, tout l'inverse de ce qu'il est. Un des corbeaux a l'air de nous fixer à travers le vitrage, plusieurs secondes. Lily a raison, l'oiseau n'a de noir que son plumage. Les pleurs s'estompent, se fondent et s'arrêtent. Marina se redresse, nous fait face et les yeux encore mouillés nous assène :

« Quand est-ce qu'on l'enterre ? »

La découverte

-4-

Ça y est j'y suis, lundi 21 septembre 1942. La lumière blafarde du sous-sol a pour moi l'éclat d'un soleil d'été au zénith, je trouve même sympathique le préposé aux archives, vieux grigou voûté, tout juste si je n'organiserais pas une petite réception dans ce local lugubre avec buffet froid, lampions et musique d'ambiance. J'ai enfin mis la main sur ce que je cherche depuis plus de deux mois, une main courante enregistrée par le brigadier Laperche de la gendarmerie d'Andernos concernant la disparition d'un enfant de quatre ans et demi, Paul Keller. Sa mère Marie avait déposé vers midi : « Paul jouait dans le jardin sur son tricycle lorsqu'il n'a plus répondu à mes appels. Comme je suis enceinte, je me déplace plus difficilement, car d'habitude je vais le chercher. Il devait être aux alentours de neuf heures trente, c'est l'heure à laquelle je lui donne le bain. Le voisin ne l'a pas vu et personne alentour ne sait où il est, je suis très inquiète parce qu'en plus il est malade, il tombe souvent et ne parle pas bien. Il n'a pas pu s'échapper. »

Les deux inspecteurs chargés de l'enquête à l'époque ne trouveront rien, ni le gosse, ni le ou les ravisseurs. L'affaire est classée début 43.

À la lecture du maigre dossier, il me reste les noms consignés sur le PV, Tristan et Marie Keller née Bruchard, Paul leur fils né le 21 mars 1938, je connais maintenant le métier du père, ingénieur des ponts et chaussées et il y est mentionné une adresse, 45 boulevard de la Plage à Andernos-les-Bains, près des Quinconces.

Plus personne de la famille ne doit m'attendre dans le coin, mais, par curiosité, je vais y faire un tour, histoire de m'imprégner du lieu. J'avais procédé de façon identique il y a presque cinq ans la première fois où j'ai rencontré Lily, sur son chemin de sous-bois, juste en bas de chez elle dans les Vallons du Ferret, au Canon. Le squelette retrouvé sous le sable près du blockhaus incliné est à coup sûr le gamin. Il sera difficile, voire impossible de l'identifier, seul l'âge approximatif des ossements, bientôt évalué par la PTS de Toulouse, pourra me permettre d'établir un postulat de départ.

Quid de Tristan et Marie Keller, quel lien de parenté avec Marina ? Là encore des recherches se profilent et on ne sera pas trop de deux avec Jérémy pour avancer dans les investigations : les frères Livrac d'un côté, la famille Keller de l'autre.

C'est aux archives départementales de la Gironde que la trace des jumeaux est retrouvée dans les mouvements de Résistance communiste en 1941 à Mont-de-Marsan. Charpentiers le jour, résistants la nuit, leur entreprise LANDESBOIS est réquisitionnée par l'Organisation Todt pour construire le mur de l'Atlantique. Ils sont déplacés sur le Bassin d'Arcachon. Bonne pioche, le climat devenait malsain et l'étau des Allemands se resserrait sur les groupes communistes dans les Landes.

Jérémy en est là et, en parlant d'archives, je ne sais quelle mouche me pique, mais je décide d'aller consulter la presse locale de l'époque. *Sud Ouest* n'existait pas en ce temps-là et, miracle, c'est aux archives de la bibliothèque municipale que je trouve le numéro 25602 de *La Petite Gironde* daté du 23 septembre 1942 dont la une est consacrée au premier vol du bombardier américain Boeing B-29 Superfortress. Il y est aussi relaté en page 4, dans la rubrique *Faits divers*, la disparition du gamin avec deux photos, une de la mère et l'autre de l'enfant, le tout en noir et blanc évidemment. Photos assez nettes où l'on peut distinguer la tête boudeuse de Paul, blondinet aux grands yeux foncés, et celle de Marie, sa mère, jolie jeune femme aux cheveux noirs bouclés ceints par un turban, cela se faisait à l'époque. La tristesse de son regard n'enlève rien à la perfection d'un ovale lisse, piqué semble-t-il de taches de rousseur. Un grain de beauté sur la pommette droite ajoute de l'élégance à la symétrie du visage. J'imagine d'autant plus la douleur de cette femme que je connais l'issue funèbre de l'histoire, enfin restons prudents et attendons les résultats définitifs, fin de semaine sans doute.

Le dessinateur

-1-

Sans surprise, la fin de semaine arrive.

Sans surprise, les résultats attendus sont ceux escomptés.

Sans surprise, j'ai déroulé l'arbre généalogique des Keller et Jérémy a fait son job sur les Livrac.

Sans surprise, la maison des Keller à Andernos a été rasée et remplacée par plusieurs habitations densifiant l'environnement et me privant d'une éventuelle source d'inspiration.

Sans surprise, dans son vaste bureau de kaki tapissé, Plaziat me convoque :

« Nous y voilà, mon p'tit Viloc, vous l'avez votre troisième macchabée, bravo, bien observé, belle intuition "à montrer dans les écoles de police" comme disent les journalistes sportifs (il s'étire dans son confortable fauteuil). Remarquez, je n'ai rien contre les journalistes sportifs, mais ils parlent souvent d'école, j'ai remarqué… un regret sans doute (il ricane). Maintenant Viloc, résumons… je vais essayer d'être exhaustif, prêt ? (J'approuve). Un squelette d'enfant est désensablé sur une plage océane, près de la pointe du Cap-Ferret… vous retrouvez sa mère, Marie Keller décédée en 1968, en avril, bien (il se lève et tel un maître d'école me tourne autour en parlant, mon rapport en main). Marie Keller née Bruchard, je lis votre rapport Viloc, donc Marie est née à Bouliac (Gironde) le 24 avril 1912, une sœur aînée, Amandine, dont on a perdu la trace et un père mort au champ d'honneur à Verdun en 1916, le 24 octobre pour être précis… Voilà, ça, c'est pour la généalogie (il s'assied d'une fesse sur le coin du bureau, une jambe dans le vide et pose le rapport). Revenons à cette femme, la fameuse Marie Keller, elle a eu juste après l'enlèvement de son fils une fille, Viviane, née en octobre 42 car elle était presque à terme quand Paul a disparu, c'est bien ça Viloc, n'hésitez pas à me reprendre si je me trompe. »

Je lui fais signe de continuer.

« Et Viviane, la fille de Marie, se marie en 1962, à l'âge de vingt ans avec Jean Decosse de vingt-sept ans son aîné. C'est le second mariage du bellâtre… De leur union naît Marina qui devient donc la petite-fille de Marie Keller (il se racle la gorge). Viviane, la mère de Marina, deuxième femme de Jean Decosse et fille de Marie Keller, meurt d'une péritonite en 1986 à… voyons, 1986 moins 1942… quarante-quatre ans si mes calculs sont exacts… jusque-là tout va bien, Viloc, voyez j'ai bien appris la leçon (j'opine du bonnet). Et

Jean Decosse vient de mourir, drogué et étouffé il y a tout juste quelques jours, il avait donc (il compte dans sa tête, regardant le plafond) soixante-dix-sept ans… donc les deux parents morts, la grand-mère au cimetière, il ne reste, si je vous ai bien lu mon cher Viloc, que Marina, à moitié brindezingue, en tant que témoin dans cette rocambolesque histoire, puisque l'autre témoin du nom de Grelot a grillé comme une cacahuète dans un incendie, criminel à la lecture des constats des pompiers et du légiste. Donc, si j'ai bien suivi, il y a une relation évidente entre les os du gamin retrouvé et Marina… Ils sont de la même famille en effet, mais le petit aurait donc été son oncle (il plisse les yeux en dodelinant de la tête). Pas facile votre histoire, pas facile du tout… Maintenant la question est : pourquoi la fille endosse cette maternité impossible ? Alors là, mystère et boule de gomme (il soulève ses épaules en signe d'impuissance). Ah oui j'oubliais, le père du petit Paul, Tristan Keller, ingénieur pour les BTP, est mort lui aussi, mais en déportation, crocheté à Auschwitz en 45, il était agent secret du SOE[5] (il souffle comme après un marathon et s'assoit, faisant mine d'être exténué, enfoncé dans le siège, les bras ballants de part et d'autre des accoudoirs). Des morts partout Viloc… compliqué pour les faire parler, non ? Viloc, vous avez une propension à la nostalgie. »

Devant ma mine défaite, il explique :

« Eh oui, ça fait deux histoires de guerre que vous nous servez, le petit violoniste d'Auschwitz[6] et

---

5 *Special Operations Executive.*

6 Voir *Fausse note*, du même auteur, dans la même collection.

maintenant un gamin enterré en 42, c'est pas policier votre vocation, c'est historien généalogiste... bon je continue (il se lève à nouveau et reprend un feuillet manuscrit). À part ça il existe la piste de ces fameux frères Livrac, encore pendant la guerre, des résistants apparemment... après l'épisode landais, l'inspecteur Loiseul, Jérémy de son prénom, a pu retrouver leur trace dans l'OCM[7], le mouvement de résistance dominant en Gironde. Ces garçons, employés de la société LANDESBOIS, posaient les coffrages pour l'Organisation Todt. Ils ont été arrêtés et déportés avec deux cent cinquante autres membres en juillet 43 tandis que leur chef Grandclément dit "Bernard" est *retourné* par le chef de la Gestapo Friedrich (il hésite dans la prononciation) Dohse je crois, enfin peu importe et ce fameux Bernard est exécuté en 44 par les services secrets britanniques ainsi que sa femme Lucette, une histoire qui a fait grand bruit à l'époque. Les jumeaux, eux, ne reviendront pas de Buchenwald et la toute jeune femme d'Alfred, le jumeau marié, est rattrapée par la Gestapo, torturée puis emprisonnée au fort du Hâ à Bordeaux à l'âge de dix-neuf ans seulement. *Colette* était son nom de guerre, puis on perd sa trace, funeste destin sans doute, un de plus (il s'assoit à nouveau, avance sur son siège, pose ses coudes sur le bureau, croise les mains et me regarde droit dans les yeux après un moment de silence). Dites-moi Viloc, c'est une thèse sur "la vie et la mort pendant l'Occupation" que vous me pondez là avec votre rapport ?

7 Organisation civile et militaire.

— Non, mais j'avoue que ça dessoude sévère, je réponds perplexe. Ce sont les aléas de l'enquête qui m'ont entraîné malgré moi dans cette période glauque de l'Histoire, mais d'un autre côté, j'avance, j'ai une partie des tenants et des aboutissants. Je sais qui est qui, je n'ai plus qu'à trouver qui a fait quoi et pourquoi. »

Je ne me sens pas convaincant, mes trois conditions, connaître, comprendre et accepter sont loin d'être acquises pour que je puisse me montrer serein, alors j'essaie de feindre le gars sûr de lui. Et le patron d'enchaîner :

— En fait, il ne manque que le mobile et l'assassin, c'est ça que vous voulez me dire, Viloc ? »

Plaziat rugit tel un bœuf, il ne paraît pas satisfait du tout de ma réponse. Un long silence habite l'espace. Il respire à nouveau de façon véhémente et tape du poing sur la table.

« Bon, j'ai décidé de vous adjoindre mon joker, Viloc, je vous en ai déjà parlé il y a quelques jours, il s'appelle Léonard, ou du moins il se fait appeler Léonard, ce n'est pas son vrai nom. C'est… comment vous l'expliquer… un dessinateur, mais un dessinateur bien particulier puisqu'il est médium (devant ma bobine ahurie, il continue). Il a déjà travaillé pour nous avec d'excellents résultats, nous l'utilisons dans les cas extrêmes, quand les connexions sont difficiles, voire impossibles à établir comme dans cette affaire, Viloc, je vous en dirai plus après les fêtes de fin d'année, je l'ai déjà contacté, il est d'accord. »

Il se lève pour me signifier mon congé et comme toujours conclut par une note légère :

« Et des excès pendant les fêtes, Viloc, surtout beaucoup d'alcool fort au cas où ça réveillerait un mort, un témoignage de l'au-delà ! »

Le dessinateur

-2-

Lily a tenu absolument à venir voir le lieu de la scène de crime sur la dune. Nous voilà donc partis en expédition vers ce spot sensible, accompagnés de Sylvia et Noémie. Pour une fois Solange et Jérémy se joignent à nous en ce week-end frais et ensoleillé pour une balade au bord de l'eau, au calme, ils doivent en avoir besoin, après l'effort, le réconfort.

J'aime ces moments simples de contemplation.

Nous ne sommes pas les seuls, la presse a fait un large écho à la découverte peu commune d'un squelette d'enfant et la ronde des badauds pour voir trois rubans tendus près d'un blockhaus en pente est incessante.

Aujourd'hui, l'océan gronde la plage de sa grosse voix qui roule les « r » et la marée montante engendre des vagues rageuses. Le ballet des oiseaux de mer, lui, est immuable, insensible aux fulminations des flots et aux préoccupations de l'Homo sapiens, à se demander qui est le plus sapiens, de l'oiseau ou de l'homme. Immuable aussi le spectacle d'une masse tantôt bleue tantôt grise, barrée par un trait d'horizon, symbole de l'illusion d'une limite accessible. Lily, les cheveux en bataille, tournée vers le ponant, réfléchit à haute voix :

« Le même spectacle a dû s'offrir à l'assassin du petit garçon innocent (elle plisse les yeux, aveuglée par la forte réverbération). En fait, le crime était presque parfait, mais c'était sans compter sur la durée… le temps passe et, grain par grain, grâce aux éléments incontrôlables, la pluie, le vent, la tempête, il dépouille la dune de sa matière, de sa chair, de ses tripes et il fait apparaître ce que ce génie qu'est l'homme croyait avoir enterré pour l'éternité. L'homme ne peut pas comprendre l'éternité puisqu'il ne comprend pas la nature. Il n'y a que les prodiges qui résistent au verdict du temps et ce crime n'est pas un chef-d'œuvre… oui Anselme, il y a eu des génies, des virtuoses de la tromperie, des funambules de l'arnaque avec nombre d'énigmes jamais élucidées… et personne ne saura jamais. Le génie ne s'applique pas qu'à la science ou aux arts traditionnels comme la peinture, la littérature ou la musique, Anselme… non, le génie peut aussi s'appliquer au crime, la glissade vers la faute peut être enivrante (elle se retourne vers la dune piquetée de repères rouge et blanc), mais là, que du trivial, du commun (elle fait une grimace de dégoût puis se retourne vivement). Quelque chose me tracasse dans ton histoire, dit-elle en se serrant contre moi pour s'abriter du vent. Qui peut vouloir du mal à un enfant ? Par définition, il représente la pureté, l'innocence, il n'a pas eu le temps d'être pollué à quatre ou cinq ans… on ne tue pas un enfant de sang-froid Anselme, surtout un gosse isolé, inoffensif et malade de surcroît (elle me regarde intensément comme apeurée). Bien sûr les tarés existent et nombre de tueries de masse, de viols, d'attentats ou que sais-je encore ont lieu. Les motifs sont racistes, religieux ou économiques, mais là, je ne vois pas un soldat, un résistant ou un nazi lui mettre une balle dans la tête, pour rien, et en plus tu m'as bien dit qu'aucune trace d'impact de balle n'a été retrouvée sur le squelette, donc ce gamin est peut-être mort de sa belle mort, enfin je me comprends, de mort naturelle plutôt, je l'espère du moins. Alors, pourquoi l'enterrer ici, dans la dune… sous l'ancienne piste… il a été certainement mis là par ceux qui construisaient cet ouvrage pour être sûrs qu'on ne le retrouverait jamais. Tous ces ouvriers sont morts, du moins ceux que tu as identifiés, ou se terrent, peu fiers de leur travail. Alors, une vengeance, une maladie, un accident… Anselme, elle n'est pas simple ton enquête (elle s'arrête net dans sa réflexion, se retourne, fixe la scène dite de crime puis reprend), elle n'est pas simple non, mais si un coup de vent a permis à la dune de révéler son secret, peut-être qu'un coup de crayon t'en livrera un autre ?

— Un coup de chance oui, voilà ce qu'il me faudrait… je n'y crois plus trop. Pour revenir à ce que tu me disais concernant le petit, je pense aussi que le gamin n'a peut-être pas été tué volontairement. En attendant, il y a un assassin qui court et les crimes qu'il a perpétrés sur Decosse et Grelot doivent avoir quelque chose à voir avec le petit squelette et ça, c'est maintenant (je réponds, embarrassé, en remontant mon col, le vent se lève et il vient du nord) et ni la maladie ni l'accident n'en sont les raisons, alors Lily, je te l'avoue, je patauge. »

Les rubans en polyéthylène délimitant la scène de crime font un drôle de boucan. Raffut semblable au bruit d'une carte à jouer dans les rayons d'une bicyclette, tant le crescendo du vent fait vibrer le plastique. Sylvia se lâche et m'avoue sa lassitude à travailler autant. Elle ressent un bien fou à se faire fouetter le visage « comme un gommage naturel », s'amuse-t-elle à comparer. J'en suis heureux. Il est vrai que nous ne faisons que nous croiser ces derniers temps, cette fichue enquête me prend la tête et, de son côté, les soins à domicile se sont intensifiés avec l'arrivée d'un nouveau cabinet de médecins du côté d'Arès. Solange et Jérémy traînent la patte eux aussi, mais pour la raison inverse, ils se voient trop et de manière… volcanique va-t-on dire, ah Solange, quel tempérament ! Une situation qui convient parfaitement à Lily, elle aime voir sa mère épanouie, « comme ça, je n'ai pas besoin de m'en occuper », me confiait-elle voilà quelque temps.

En ce matin frais de décembre, Noémie, ma fille, marche tête baissée, contre le vent, elle tient le bras de sa mère. C'est une bosseuse, opiniâtre, à la sensibilité cuirassée par ses cinq années d'isolement forcé à Tallinn. Sa vie de pensionnaire de dix-sept ans en première à Saint-Elme l'épanouit, elle a déjà compris l'importance du repli sur soi, de l'introspection, une défense patiemment construite dès sa petite enfance. Elle veut faire médecine pour devenir psychiatre. Son intérêt à fouiller certaines motivations extravagantes de l'homme l'a emporté sur ses réelles aptitudes, pas vraiment une vocation, plutôt une alliance entre une circonstance et son talent, entre une expérience et sa sensibilité. Du coup, je me moque de son manque d'expansivité, je la connais et la sais affectueuse et solide quand la situation l'impose, et le simple fait de tenir le bras de sa mère est à la fois un signe de tendresse et de force.

Les quelques jours de vacances précédant la nouvelle année sont les bienvenus pour remettre les choses à plat et ressouder les troupes, chez nous, à l'entrée du paradis, entre le swing d'un violon manouche et les petits matins embrumés de câlins.

Janvier 93 s'annonce avec un enterrement surréaliste, celui d'un squelette d'enfant et l'entrée en scène d'un nouvel adjoint, personnage singulier dans mon domaine puisque dessinateur. J'espère au moins qu'il aura bonne mine !

Le dessinateur

-3-

C'est la Saint-Lucien. Un prénom loin d'être à la mode et pourtant un collègue vient d'en affubler son gamin. Ce crétin a décidé d'appeler sa progéniture du prénom du saint le plus proche de la date de naissance. Il est né à quatre heures du matin à Bordeaux Nord et c'est un garçon, tant pis, pauvre gamin, une fille se serait appelée Alix, prénom féminin de demain, c'était déjà mieux.

Quoi qu'il en soit, nous sommes le (vendredi) huit janvier, la Saint-Lucien, il est onze heures du matin et je vais bien… non, je rigole, c'était pour la rime, en fait je me pèle le jonc par trois degrés au-dessous de zéro sur le parvis d'une église du sud Gironde. Marina a tenu à ce qu'un violoniste joue pendant la courte cérémonie religieuse précédant la mise en terre de l'enfant Paul Keller. Et voilà le pauvre homme faisant vibrer son instrument devant la tombe de la grand-mère de Marina, Marie Keller, la vraie maman de Paul. Il jouerait avec des moufles que le résultat ne serait pas différent. Dizzy Gillespie, le trompettiste américain, est mort il y a deux jours et il doit déjà se retourner dans sa récente tombe à écouter les douteuses harmonies. Si Marina a recommencé à associer certains éléments de sa vie courante, sa filiation, ses relations, ses lieux de résidence, elle reste bloquée et persuadée de sa maternité par rapport au squelette retrouvé.

« Une transmission transgénérationnelle d'un traumatisme et de souffrance non dite, un mécanisme étonnant, mais qui peut se produire, comme si elle avait intégré les névroses de Marie, sa grand-mère, en sautant la case *mère*, peut-être Marina la considérait-elle, sa mère, comme inconsciente, ne s'autorisant pas à se séparer d'elle, par manque d'amour ? C'est une théorie, me précise le docteur Angot, tout ceci est engrangé dans le psychisme et pour dégager les bonnes pistes cliniques d'approche de ses souffrances, le travail est ardu, mais on s'y attelle, inspecteur et les résultats se font jour… Marina se reconnecte avec le présent et le passé proche, mais pour le reste elle se comporte à la manière d'un enfant autiste et psychotique dans un contexte familial complexe. »

Quand je lui parle de réincarnation, ses sourcils se lèvent à l'unisson, « là, inspecteur, vous rentrez dans le domaine de la croyance (il sourit timidement). Ne vous méprenez pas, je ne dis pas que ça n'existe pas, seulement nous ne sommes plus dans une approche clinique du problème, mais plutôt spirituelle et ce n'est pas mon domaine ».

Léonard, mon nouvel associé « intermittent du spectacle » est là aussi, il a froid. Mal fichu, il est resté dans la voiture, moteur en marche, chauffage à fond. Je le trimballe partout dorénavant, au cas où il aurait une fulgurance, comme me l'a expliqué le *boss* pas plus tard qu'avant-hier :

« Écoutez, Viloc, avant de recevoir Léonard, je vous explique en deux mots le pourquoi du comment. D'abord, je tiens à vous préciser que c'est moi qui l'ai baptisé Léonard à cause de Léonard de Vinci et son fameux coup de crayon, ce n'est pas génial, mais c'est précis. Ce garçon a déjà travaillé pour nous avec succès je dois dire, il a un don… il est médium… mais pas un médium traditionnel qui vous tripote les mains ou qui lit dans les tarots, non, il est médium dessinateur (à voir ma mimique perplexe, il poursuit)… je m'explique… c'est un portraitiste fabuleux, en dix minutes à peine, sans regarder sa main travailler, le dessin qu'il fait de vous au crayon est d'une précision et d'une qualité exceptionnelles, un peu comme l'écriture automatique. Au final, on dirait presque une photo, mais, parce qu'il y a un "mais", lorsque notre ami a des picotements dans sa main droite, des sortes de fourmis dans les doigts, c'est rare, mais ça arrive, alors le portrait qu'il réalise ne correspond pas au modèle et le plus fort, c'est que derrière ce dessin dissemblable se cache un secret, un nouveau destin ou un passé coupable… Il a commencé tôt, à douze ou treize ans, il a changé le destin de sa petite voisine italienne uniquement par son dessin, et depuis, après des études aux Beaux-Arts et un poste d'enseignant en collège à Bordeaux, il aide la justice à pourfendre le criminel, conclut-il en levant les bras de façon grandiloquente, à la manière d'un ténor du barreau. Bien sûr ça ne marche pas à tous les coups, mais quand les situations sont, comme c'est le cas ici, inextricables, on tente le coup... Viloc, vous avez simplement à le promener avec vous au gré de vos pérégrinations et attendre qu'il se manifeste. Vous verrez, il est sympathique et d'agréable compagnie.

— Je n'ai pas besoin de laisse ? je réponds, un brin narquois.

— Excellent Viloc, excellent... je vous répondrai : si, vous en avez besoin, mais un conseil, ne tirez pas dessus, laissez-vous guider, il est plutôt chien d'aveugle. »

Celle-là, je l'ai cherchée, ne jamais essayer d'avoir le dernier mot avec le *boss*, c'est une règle dans la maison, une fois de plus j'ai voulu y déroger et je me suis pris la balle de jokari en pleine poire.

Il est vrai que j'évolue à l'aveugle, je tâtonne à droite entre hôpital et maison de repos, je me cogne à gauche dans les méandres de la collaboration forcée ou pas, je me laisse dorloter dans les bras d'une improbable réincarnation et séduire par la photo d'une femme désespérée sur un journal de 1942 pour finalement me sentir dépourvu et impuissant à en tirer une quelconque conclusion. Alors je travaille au pif, une odeur de cramé chez Grelot, un effluve de patchouli chez Decosse, l'*after-shave* de Lapointe, je goûte aux vents du large, aux grains de sable collés sur mes lèvres, aux saveurs de bistrot et j'écoute... j'écoute les uns, j'écoute les autres, mais je n'entends rien, je n'entends plus rien, je suis devenu sourd. Plus le temps passe, plus je me rapproche de la léthargie de Marina, sensation confortable pareille à une piqûre de morphine avant l'opération. Je deviens mou, apathique, évanescent, même Sylvia, ma femme, se détache du pignot planté devant la cabane du Canon, elle part à la dérive, imperceptiblement, je la regarde flotter, les yeux dans les vagues.

Maintenant aveugle et sourd, tenir l'équilibre m'est devenu impossible. J'ai besoin d'aide encore une fois, de Lily, de David, mais ils sont loin, je ne peux ni les voir ni les écouter, alors c'est une croyance qui m'est proposée, un médium, moi le rationnel qui ai jeté aux oubliettes la vie éternelle, ce formidable premier slogan marketing issu de la chrétienté, et qui me retrouve aujourd'hui en face d'une vierge annonçant sa maternité. Étonnant retour sur investissement pour les curés de ma pension de Chambéry ! Marie était le nom de sa grand-mère, encore plus troublant. Une histoire inquiétante faite de mythes et de légendes, mais aussi de morts, de cadavres bien réels et du squelette d'un enfant qui, lui, croyait encore au père Noël quand il a disparu.

Le dessinateur

-4-

Toujours accompagné d'un vieux cartable à soufflets en cuir couleur acajou, c'est vrai qu'il est sympathique. Svelte, voire affûté, l'homme, marathonien, ne manque pas de souffle. Un regard bleu électrique abrité par une chevelure épaisse et grisonnante pourrait le rendre inquiétant, sensation balayée instantanément par l'éclat franc de son sourire. Beaucoup plus grand, mais plus âgé que moi, on ne peut pas tout avoir, le garçon, un peu encombrant, n'est pas têtu, il est d'accord sur tout et se laisse guider dans sa nouvelle tâche. Notre premier déplacement au cimetière n'a rien donné, Léonard, gelé, est resté dans la voiture sous une couverture. De toute façon, il n'y avait que trois teigneux et un pelé.

Le dessinateur a lu mes rapports. Il convient de mon infortune et de l'opacité de la situation. Il reste néanmoins désorienté quant à son rôle à jouer dans cette purée de pois. Dessiner oui, mais qui ? Et où ? Malgré le froid, je décide de faire du tourisme d'imprégnation. En partant de Bordeaux à huit heures du matin, nous faisons d'abord un crochet par Taussat dans la maison de l'allée Gabrielle louée par Jean Decosse, feu le père de Marina, puis un arrêt andernosien devant les cendres blanchies de givre du domicile de Robert Grelot, ancien boucher et loueur occasionnel, et pour boucler l'étrange triangle, un détour par la plage de la pointe de la presqu'île, celle où le squelette du petit Paul a été découvert.

« À chaque lieu son triangle, à Bordeaux, on a le nôtre, il est cher et luxueux, chez vous il est plutôt… morbide dirons-nous, enchaîne, amusé, le portraitiste assis dans le petit salon de ma cabane calfeutrée, le poêle à fond la caisse pour faire oublier le ressenti des courants d'air.

— Et des Bermudes aussi, car mystérieux et pour l'heure, inexplicable, mais rassurez-vous, Léonard, aux beaux jours je vous ferai découvrir des polygones de rêve dans le coin.

— À propos de figures géométriques, il y a quelque chose qui ne tourne pas rond dans votre histoire… histoire avec pour origine la dernière guerre mondiale si j'ai bien compris (il appuie son dos contre le dossier du canapé). D'habitude, lorsque je suis convoqué chez vous, enfin à Castéja je veux dire, seuls quatre ou cinq suspects bien vivants sont concernés, allez, on peut aller jusqu'à une dizaine, mais là, étant donné que tous les protagonistes de l'affaire sont morts, je me vois mal en train de croquer des disparus et encore moins chacun des huit mille deux cent quarante-cinq habitants d'Andernos, je me suis renseigné, commune où apparemment se trouverait l'assassin (il se lève, se colle à la baie vitrée pour regarder passer une plate, jambes légèrement écartées et mains dans les poches, il soupire). Avouez, mon cher Anselme, que les pistes sont, pour rester dans le contexte du fond du Bassin, pour le moins... vaseuses. »

Sur le chemin du retour, je n'ai pu m'empêcher de montrer à Léonard mon lieu de villégiature, à la fois privilégié par sa féerie permanente et spartiate dans ces conditions hivernales insistantes. Arrogance déplacée ? Non, surtout pas, simplement envie de partager un moment de calme avec un type attachant qui s'est livré pendant le trajet, me confiant sa grande lassitude à assumer son drôle de don. Il me dit éprouver une fatigue permanente et fuir les lieux de passage comme les gares et les aéroports dont le brouhaha continu l'épuise. Les réceptions et tous rassemblements populaires le hérissent et il me sait gré de lui ouvrir ma tanière de Robinson. Dans un large sourire de connivence, il avoue m'envier et prendrait bien pension pour y recharger ses batteries.

Ce lieu fait décidément le consensus, car étant l'archétype de l'anti-sanctuaire, le désir de me retrouver à réfléchir et à méditer dans cette coquille paisible semble faire l'unanimité. Le spot est certes inspirant pour l'esprit, mais peu efficace pour un estomac réveillé par les douze coups de midi ; le frigo est pour ainsi dire vide. Léonard et moi ne sommes pas compliqués, le plat du jour de l'*Arkeseon* fera l'affaire.

« J'ai vu qu'ils servent une blanquette de veau aux champignons à côté, un bon plat roboratif avec le temps qu'il fait, ça ne peut pas faire de mal, non ! je lui affirme en me frottant les mains d'impatience.

— Attention, roboratif n'est pas bourratif, Anselme, si roboratif veut dire tonifiant et fortifiant dans votre bouche, je suis votre homme, réplique en riant mon nouveau collègue expert en sémantique. »

Pointu, le garçon...

La salle est peu remplie, le patron nous trouve une table sans problème. À peine assis, je m'étonne d'apercevoir Solange qui rentre avec Lily dans l'établissement. Une hésitation et évidemment, c'est mercredi !

Je n'ai pas eu le temps de parler de Lily à Léonard, mais l'inverse, si... alors la machine à questions se met à crépiter, sur la qualité du papier, des crayons, des gommes, sur les techniques du fusain, du pinceau, de la plume, etc. Léonard, amusé, se prête au jeu, ayant vite compris l'intérêt profond qu'éprouve la petite pour son art et surtout appréciant la pertinence de ses demandes. Solange est venue faire le plein de sa drogue quotidienne dans le coin-tabac avant de prendre deux douzaines d'huîtres d'Arguin chez notre ami commun Bertrand, dit l'Indien, juste à côté. Quoique sensible au regard métallique de mon convive, elle presse Lily d'abréger. Elle a un repas à préparer, une copine à elle et sa mère sont attendues à 13 heures dans les Vallons.

« Très bien maman, mais deux secondes encore. »

Elle se retourne vers Léonard, ouvre grand ses mirettes et lui demande, timide :

— Tu peux me dessiner un bonheur ?

— Un bonheur ? Tiens ! (ses lèvres se pincent en même temps que se plissent ses yeux, il réfléchit). Bonne question, Lily… *Un* bonheur, je peux sans doute… *Le* bonheur, non, je n'aurais pas pu. »

Séance tenante, dans cet estaminet peu propice à l'expression artistique, coincé entre un radiateur mural en fonte grise et une table en chêne brut, il extrait, à notre surprise, de son cartable à soufflets l'attirail nécessaire à l'exécution du vœu de la gamine et pendant que le champignon rissole en cuisine non loin du veau bouilli plongé dans la sauce, Léonard s'exprime.

« Et voilà, ma p'tite Lily, ton bonheur… »

Il lui tend le dessin, visiblement content de lui faire plaisir.

Et contrairement au Petit Prince, le chat croqué par l'artiste plaît à Lily.

Les pistes

-1-

Je doute que Lily soit douée pour le bonheur. Le bonheur est l'antithèse de la réflexion dans la mesure où, à en croire nos médias et à entendre nos élites bien-pensantes, il est simple à trouver. En réalité, il est au raisonnement ce que l'aiguille est à la meule de foin, introuvable. Le bonheur serait un gros fromage et Lily n'en veut qu'une miette, cela suffit pour calmer son jeune appétit, trop provoquerait une indigestion. Vous imaginez, un trop-plein de bonheur, insoutenable, en plus très mauvais pour le business : plus d'antistress, médicaments, cigarettes, alcool, bref une catastrophe économique. Pas de danger pour le grand capital, je suis comme Lily, je ne crois pas au bonheur ou plutôt si, mais au faux, celui du produit marketing, la pure invention à but lucratif de l'homme dans toute sa démence. Il n'y a qu'à voir les différentes formes qu'il a revêtues au cours des temps. *Homme bon* est décidément mon oxymore préféré.

Apanage de l'intelligence, Lily aura son cortège de sujets de satisfaction et de petits plaisirs, mais sa vie se passera à ordonner ses accords et ses contradictions en essayant de se convaincre de profiter de l'instant.

Le bonheur est un équilibre.

Elle ne croit pas à l'uniformité, elle sait que la différence n'est jamais heureuse. L'homme vraiment intelligent est un pédagogue, il éclaire les pensées et, du coup, amortit les inégalités tel un édredon.

Le bonheur est un discernement.

Elle s'y emploie déjà malgré son jeune âge et Léonard a compris cet esprit brillant en lui offrant ce simple croquis de chat, son refuge d'enfant.

Le bonheur est un souvenir.

Il a mis pile dedans, normal, il est médium.

« Quatre-vingt-dix-neuf pour cent des personnes que je rencontre, qui ont eu vent de ma réputation, me demandent : "Vous pouvez faire mon portrait ?" me confie-t-il sur le chemin du retour, c'est d'un pénible, alors pour une fois qu'on me demande autre chose (il souffle comme soulagé). Et puis je ne me force plus. Au début, quand j'étais adolescent, mes parents m'obligeaient, trop fiers qu'ils fussent (il sourit tendrement) j'avais… allez quoi, douze, treize ans et je m'exécutais soit sur les marchés, soit à domicile, chez le boucher du coin, le coiffeur du quartier, je croquais femme, fille, fils et même grand-mère… épuisant, c'était épuisant… et puis un jour, en croisant dans la rue ma nouvelle petite voisine, rue Kléber je me souviens, elle était Italienne… d'un coup j'ai eu des fourmis dans les doigts, signe, je l'ai su après, d'un irrépressible besoin de la dessiner. Ce fut le départ de mon incroyable odyssée de dessinateur médium. »

Odyssée qui le mènera jusqu'à Thessalonique. Tout le long du trajet vers Bordeaux, il est prolixe, preuve qu'une relation de confiance se noue. Au chapitre des incongruités, il finit par me raconter sa première rencontre avec Cécile, sa future femme. Là aussi, des sortes de décharges électriques avaient transpercé sa main droite, « comme un coup de foudre pour rester dans la note », s'amuse-t-il, et le résultat, là aussi, l'estomaqua : le portrait représentait une vieille, très vieille femme, preuve que ses fourmis ne se réveillaient jamais pour rien. « Le plus extraordinaire, à chaque portrait que je réalise de ma femme, elle rajeunit et quand je dessinerai un nourrisson, là, il faudra aviser. »

J'ai donc vraiment affaire à un phénomène. Comment exploiter son potentiel ? Je ne vais pas faire de long en large toutes les rues, places, jardins et plages d'Andernos-les-Bains, de Taussat et de Lanton jusqu'à un éventuel réveil de ses fourmis. Je tombe d'accord avec lui en arrivant au QG pour, d'abord, aller faire une visite à Marina, rive droite. Ainsi, il prendra le temps de rencontrer la jeune femme, au calme, même si le premier contact au cimetière n'a pas été révélateur côté picotements. À peine posé sur mon siège et convenu d'un rendez-vous demain matin avec Léonard pour une escapade vers la maison de repos du docteur Angot, Jérémy déboule dans mon bureau pour m'apprendre qu'il a retrouvé sur la liste des internés, dans les archives du fort du Hâ, une Clémence Livrac, résistante sous le nom de code *Colette* et qui aurait été libérée le 28 août 1944, à la libération de Bordeaux. Clémence serait donc la femme d'Alfred Livrac, le jumeau marié, charpentier, artisan du mur de l'Atlantique, résistant et déporté sans retour avec son frère Yves, à Buchenwald.

Les pistes

-2-

On dirait vraiment l'intérieur d'un congélateur, cette maison de repos. Elle sort de la brume froide, en haut de la côte, laissant deviner des surgelés fumants et rabougris, raidis dans leurs tiroirs. La plupart des volets sont clos, confirmant la vision de Lily sur la mémoire figée des patients de l'endroit. Dans le petit matin, devant les baies vitrées, sur une scène blanchie, la chorégraphie des corbeaux s'est enrichie de danseurs supplémentaires, ça pique, ça tournoie, ça guette. Inapprochables, ils narguent le spectateur immobile dans son pré carré à la moquette fanée. À l'intérieur, peu ou pas de bruit. Le choc étouffé de cuillères contre les bols du petit-déjeuner signale la présence de pensionnaires dans la salle commune, à l'autre bout du bâtiment.

« Marina préfère rester seule le matin, elle a un réveil… difficile. Ces derniers temps, elle a des nuits agitées, elle parle beaucoup, elle dit des choses curieuses d'ailleurs, je vous en parlerai tout à l'heure, prévient le docteur Angot vêtu de sa blouse blanche de consultation. Patientez dans le couloir, je vais voir si elle est présentable. »

Assis dans ce boyau mal éclairé, Léonard, son cartable à soufflets sur les genoux et moi, les mains dans les poches, jambes allongées, nous nous regardons, interrogatifs quant à la pertinence de la visite.

La demi-heure d'attente paraît une éternité dans ce mouroir et le « vous pouvez entrer » du toubib nous soulage, nous délivre presque. Marina sourit. Son visage, sans être apaisé, est reposé. Prévenue, elle se prête de bonne grâce à la réalisation de son portrait. Bien mise en lumière, Marina pose. La main de l'artiste vole sur le Canson C à grain, Léonard la laisse faire, mécaniquement, son regard ne quittant pas le modèle. Dix minutes plus tard, le résultat est d'une vérité surprenante, sa réputation n'est pas usurpée. Mais, déception prévisible, la ressemblance dessin-modèle n'apporte rien à l'énigme. En revanche, de retour dans son bureau, les propos embarrassés du toubib, eux, nous interpellent :

« Depuis l'enterrement, fait nouveau, Marina parle durant son sommeil (il hausse les sourcils). Bien sûr les propos n'ont pas de cohérence, mais d'après le personnel de nuit, elle parle d'une certaine madame… Joulis ou quelque chose d'approchant, et elle évoque aussi l'abandon… en gros, si on doit résumer, cette femme, la Joulis en question, l'aurait abandonnée (il tripote son stylo, jette un coup d'œil à travers la baie vitrée sur deux corbeaux s'expliquant à grands coups d'ailes). Eux, j'ai l'habitude, je peux anticiper leurs réactions, Marina, elle… est imprévisible.

— Croyez-vous que je pourrai la questionner sur… ses élucubrations nocturnes, docteur ? En douceur, s'entend.

— Oh non, inspecteur ! me coupe-t-il, agacé, s'il vous plaît, laissez-moi faire, je vais y aller sur la pointe des pieds et déblayer le terrain, du moins tenter de le faire, et ce, au rythme de la patiente. Vous comprenez, dans mon domaine, on ne peut pas aller plus vite que la musique (il expire longuement) entre dissociation, réincarnation, transmission transgénérationnelle et maintenant analyse des rêves, c'est de deux ou trois Freud dont j'aurais besoin. Parce que si le rêve rejoue le traumatisme en sublimant la réalité, il faut d'abord définir précisément ce traumatisme… s'il vous plaît, inspecteur, laissez-moi travailler » (il termine sa phrase d'une voix quasiment inaudible).

Ce type se contrôle, c'est clair. Il a l'air excédé, un guerrier fatigué. À vrai dire, il y a du harcèlement dans mon attitude de néophyte, un comportement identique à celui du père de Pauline Frontjoie. Le pauvre homme venait me voir ou m'appelait chaque jour quasiment pour savoir où en était l'enquête sur la disparition de sa fille.

Je dois me calmer. Écouter de la musique au bord de mon plan d'eau magique et me laisser bercer par le ressac, voilà la solution. Laisser reposer et réfléchir encore et encore à cette situation bizarre, à une enquête atypique sans amants ni maîtresses, ni tueurs en série, pas d'héritage non plus, pas plus que de coups foireux d'un notaire tordu, non, pas de sang à éponger, encore moins de sperme à analyser, seulement la mémoire défaillante d'une jeune femme, un crâne brûlé et les os d'un gamin, un simple petit squelette, vieux de cinquante ans. Une mémoire et des os, voilà pourquoi je m'accroche à ce spécialiste, au risque de l'irriter.

Comme dit le boss, l'original Plaziat :

« Heureusement que vous n'écrivez pas de romans policiers, Viloc, car pour faire un succès de librairie avec une amnésique et un squelette, laissez tomber, il vous faudrait au moins la signature d'Agatha Christie et encore. »

Les pistes

-3-

Dimanche 7 février, isolé devant mon café à l'*Arkeseon*, ma vieille couenne reçoit avec plaisir les rayons d'un soleil devenu rare ces derniers temps. *Ace* vient de mourir. *Ace* c'est Arthur Ashe, il avait quarante-neuf ans, c'est jeune. Je suis triste. Il était un de mes joueurs de tennis favoris. Une transfusion sanguine assassine et le sida s'installe dans le corps de l'Afro-Américain. Élégance, spontanéité, engagement et ténacité caractérisaient ce grand sportif d'après le journal *L'Équipe*. Bel hommage. Je doute être d'une grande élégance et d'une spontanéité paroxysmique, en revanche, côté engagement et ténacité, je tiens les cinq sets sans problème, c'est heureux, car l'enquête fait du surplace : les fourmis de Léonard sont aux abonnés absents, le docteur Angot ne peut faire desserrer les dents à Marina et Jérémy patauge dans l'après-guerre.

Par chance, il me reste ma femme, le jazz et le décor du Bassin.

C'est alors que, méditant sur le mauvais sort de ce pauvre Arthur, Lily vient à passer sur son rutilant vélo jaune.

« À double plateau, insiste-t-elle. Tiens, Anselme, ça tombe bien que je te voie (elle m'interpelle comme si un secret d'État en était l'enjeu). J'ai laissé les amoureux à leur occupation favorite… les cours d'orthophonie (la malice n'est jamais loin), je viens chercher le pain, le journal et la drogue pour ma mère, comme ça, ils pourront rester en pyjama toute la journée (elle rigole en ôtant son bonnet de laine bleu ciel, libérant ses boucles brunes toujours en bataille). Non, je voulais te voir, car j'ai pensé à un truc à propos de ton affaire (elle appuie son vélo contre une jardinière et vient se *piter* face à moi). C'est à propos de Gédéon, tu sais, le chat à trois pattes qui s'est échappé de l'incendie ?

— Gédéon, Gédéon… ah oui le chat du cramoisi (j'étais à cent lieues de penser au greffier de Grelot). Alors quoi, tu veux l'adopter ?

— T'es rigolo toi… non sérieusement, je me demande pourquoi ce chat n'a pas péri avec son maître dans le sinistre. Ça tourne dans ma tête… Tu sais que j'aime les chats, tu m'avais parlé de ce sacré de Birmanie, compagnon de la victime, ton monsieur Grelot, interdit de sortie, car déjà passablement amoché… tu te souviens au moins ?

— Oui, oui Lily, maintenant que tu m'y fais penser… ça me revient, mais (je prends un ton de tragédien) serait-ce le nœud de l'enquête ?

— C'est ça, fous-toi de moi… et finalement, peut-être, qui sait ? Non, mais, un chat à trois pattes qui ne sort jamais de chez lui, qui va, j'imagine, de la litière au canapé en passant par son arbre à chat et que tu vas retrouver, seul survivant, à l'extérieur du brasier, miaulant, le pauvre matou, sur un muret, à côté du vélo du défunt… vélo qui lui, a un alibi en revanche, il déteste le canapé et les croquettes (elle me fait un clin d'œil).

— Tu veux me dire par là que c'est la SPA qui a fait le coup ?

— Oups… super… quand je te dis que t'es rigolo, je me trompe rarement, lâche-t-elle à la volée en secouant la tête de dépit, non, mais sérieusement, tu as peut-être affaire à un nostalgique de la religion égyptienne (elle sait qu'elle m'interpelle). Oui, sais-tu qu'Hérodote, le premier historien de l'humanité, écrivait déjà quatre ou cinq cents ans avant Jésus-Christ que lorsqu'un incendie se déclarait dans une maison égyptienne, les gens ne s'occupaient pas du feu, mais ne songeaient qu'à mettre en sécurité leur chat, tu vois, déjà à l'époque… Étonnant ! On est en plein dedans (puis elle s'éloigne faire ses courses, mais juste avant de franchir le seuil du commerce, elle se retourne en se tapotant le front). Réfléchis à ça Anselme, réfléchis… »

L'incendiaire serait un Égyptien au cœur d'artichaut envers la gent féline, voilà la nouvelle théorie de Lily. Cette gamine est décidément ahurissante.

Théorie largement développée par David lors de notre traditionnel repas du dimanche soir à l'Escale. Un David en super forme qui vient de raccompagner *manu militari* un local aux yeux vitreux ayant visiblement appliqué le principe de Peter quant à sa résistance au rosé et qui, s'étant plaint de la saveur de la morue avec force gesticulations, s'entend dire par le bon sens médocain :

— Le goût du cabillaud dépend de l'heure à laquelle tu as commencé l'apéro, alors à bientôt, *ciao*... Et en plus ça rime, tu vois Anselme, moi aussi je peux faire des vers et à propos de verre, champagne pour mes amis », tonne-t-il sans se départir de son large sourire, dans la salle maintenant délestée de l'importun.

Une coupette pour fêter avec deux jours de retard la sainte Agathe, prénom de son épouse chérie, augure une fois de plus d'un bon moment à passer, entre petits plats et réflexions assaisonnées de notre hôte aux bouclettes brunes toujours en émoi.

« Tu vas donc te cogner tous les propriétaires de chats du Bassin, mon vieil Anselme, bon appétit... avec ton copain Léonard à tes côtés au cas où sa menotte le chatouillerait, heureusement les Égyptiens sont rares, non, arrête tes conneries... Tu vois, après ce que tu m'as raconté, poursuit le charismatique patron de l'*Escale*, dans la vie il y a deux sortes de personnes et je te parle en tant que chef d'entreprise qui doit embaucher, gérer, manager des hommes et des femmes, parfois je dois les consoler et les conseiller, j'en vire parfois, c'est rare, mais ça arrive... je te disais donc qu'il y a deux types de personnes, celles pour qui tout se passe au-dessous de la ceinture et c'est quatre-vingt-dix pour cent des cas, une chance, des gens simples, bon enfant, pragmatiques, aux *rapports* directs (il se gausse en insistant sur rapports, manquant ajouter le geste à la parole, mais, gentleman, évitant le regard des filles, il me fait un clin d'œil) et celles pour qui tout se passe au-dessus de la ceinture et là, ça se gâte, je les appelle "les affolées du bulbe", embrouillées, torturées, pour qui tout est compliqué… dans le boulot, ça vaut rien, je les évite, quelquefois je me fais avoir et c'est rare, très rare que j'embauche ce type de personne. Alors pour rebondir sur ton histoire, tu as affaire à une dérangée du cervelet du second groupe, fragile, psychotique, amnésique, vierge en plus et certainement sous influence et pourquoi pas sous l'emprise d'un adhérent de la Fondation Brigitte Bardot, la petite a peut-être raison, l'assassin est l'ami des bêtes… il regarde sans doute *30 millions d'amis*, une piste ? Qui sait ? (Il s'étire sur sa chaise, ses deux mains tirant sa chevelure vers l'arrière). Non Anselme, ta Marina n'en finit pas de te pourrir la vie… bon, tu en as eu pour ton argent, trois cadavres, bravo… mais pour qui, pour quoi ? Alors la solution ? Dans un dessin de chat augurant d'un noir dessein pour jouer sur les mots, dans la recherche d'un manipulateur ou peut-être dans les deux ? »

Il se lève sur l'interrogation et va accueillir un énième couple d'amis, nous laissant pensifs sous le plafond tendu de la toile bleue constellée de mouettes blanches.

La nuit n'a pas de lune. Seuls, les réverbères de Bélisaire clignotent dans le clapot de la marée montante, un vent fort s'est levé, il est plein ouest. Une bruine glacée escorte les bourrasques. Je préférais le vieux rhum qui venait d'accompagner mon café. À ce moment, le plaisir sera de retrouver la voiture, au plus vite. Le menton rentré à regarder nos pieds, en position de tortue romaine, nous marchons tous trois contre le vent jusqu'au parking en épi.

Unis, contre vents et marées, c'est le cas de le dire, tel est mon leitmotiv depuis mon passage par la case Assistance publique. Union fragile de destins cabossés dès l'origine, de vies recousues par le fil ténu d'un amour terrestre, la recherche et l'établissement d'un clan ont été mes priorités. Conserver cet esprit clanique est un travail quotidien, j'oserais dire, et Sylvia n'a pas dit un mot ce soir, elle se détache, ce n'est pas dans ses habitudes. Pourquoi reste-t-elle silencieuse, peut-être pour ne pas me perturber dans l'enquête ? Cela fait quelque temps qu'elle est absente, il faut dire que nous menons des vies quasiment parallèles, sans point de contact, absorbés par nos tâches respectives, moi dans le surnaturel, elle, à l'opposé, dans le concret de la détresse humaine. Les deux doivent se rejoindre, mais où et quand ? Je ferme peut-être les yeux sur l'évidence, repousse le dialogue nécessaire. Pourquoi cette sorte de déni ? Serais-je moi aussi victime d'une emprise maléfique ?

Les pistes

-4-

Jérémy s'accroche à l'unique piste tangible, celle de Clémence Livrac, seule non décédée officielle du chapelet de noms recueillis depuis le début de l'enquête. Il ne compte pas son temps, il épluche archive sur archive, les publiques d'abord : nationales, départementales, municipales, civiles, militaires et universitaires, sans négliger les archives privées, celles des associations, des fondations, des entreprises et même les inventaires ecclésiastiques pour, au bout du compte m'annoncer triomphant, agitant un bout de papier, qu'il a retrouvé la trace d'une Clémence Livrac née Puyol, en année préparatoire à l'Institut d'études politiques de Bordeaux en septembre 1949. Retrouver cette femme, l'unique lien connu entre les frères Livrac, Jean Decosse et Robert Grelot, serait une aubaine.

L'enfant retrouvé, le petit Paul, a automatiquement été enterré par les ouvriers qui construisaient la piste, Livrac, Decosse ou quelqu'un d'autre sauf par le curé. Les archives sur le mur de l'Atlantique ne livrent que des noms de sociétés de BTP impliquées dans l'Organisation Todt qui, pour la plupart, se sont fait une virginité à la Libération, époque de reconstruction nécessitant les compétences de… constructeurs, eh oui, on avait plus besoin de bras que d'intelligence et donc, *bis repetita*, on prend les mêmes et on recommence, cela ne s'appelle pas la double peine, mais la double réussite ou encore le gros lot ! L'histoire officielle de ces « personnes morales » se noie dans un grand flou durant la période, comme par hasard.

« Le souci, égrène le spécialiste en archives, sa fiche à la main, debout devant moi en bras de chemise, c'est que je ne trouve aucune trace de sa sortie de l'IEP, à l'époque les études duraient trois ans. L'actuel directeur m'a donné accès aux différentes promotions des années 50 et pas de Clémence Livrac sur les listings.

— Elle n'a pas changé de nom ? Elle s'est peut-être remariée ou elle aura repris son nom de jeune fille, je rétorque plein d'à-propos, dans ce cas tu vas devoir te taper l'état civil de la Gironde et peut-être de l'Aquitaine des années 48 à 52… bon courage (je souris niaisement et reprends mon sérieux). Blague à part, la Clémence en question n'est pas sotte, c'est une certitude, elle semble instruite… on la perd en 44 après sa libération du fort du Hâ, on la retrouve en 49 à l'IEP et elle disparaît à nouveau… ouais… tu vas chercher dans les registres s'il y a une Clémence quelque chose diplômée dans les années 50, avec un peu de chance… ou alors elle n'a pas terminé le cursus.

Clémence Livrac, une jeune femme au fort caractère. Suite à l'arrestation de son mari et de son beau-frère en 1943, à juste dix-neuf ans, elle poursuit rageusement leur mission sous le pseudo de *Colette*, adoubée en cela par un garçon de vingt-sept ans, Roger Landes, alias *Aristide*, un diplômé de l'École des Beaux-Arts de Paris, chef du réseau Actor, qui pilotera et équipera de nombreux groupes de résistance jusqu'à la libération de Bordeaux. « Une meneuse au sens tactique, sans compassion pour l'ennemi », telle est sa description. Hélas, une dénonciation la jette dans les filets de Friedrich Dohse. Par chance Bordeaux est libéré fin août et là, on perd sa trace.

« Dohse, Dohse, c'est bien le nazi qui a fait parler Grandclément en 43 et qui de ce fait a démantelé le réseau OCM et a donc participé à l'arrestation et à la déportation des frères Livrac ?

— Oui, oui, lui, il a parlé, Grandclément alias *Jacques* tandis que la petite, la *Colette*, la « sans grade », elle, elle n'a rien dit… mais elle a dû morfler… et d'ailleurs, au cours de mes recherches, à propos de *morfler*, savez-vous ce qu'est devenu le Dohse en question, le chef de la Gestapo de Bordeaux, après la guerre ? (ma moue d'ignorance l'incite à poursuivre). Eh bien vous n'allez pas le croire, il a été jugé en avril 1953 à Bordeaux, condamné à sept ans de travaux forcés et libéré le lendemain, sans une égratignure, c'est pas beau ça ! Il a quand même reconnu que son seul échec était de n'avoir pas pu démanteler le réseau de résistance anglais SOE de Roger Landes et ce, grâce en partie à Clémence Livrac (ses yeux brillent d'admiration pour la petite résistante, il poursuit péniblement) il a dû finir agent d'assurances ou représentant en bonbons… »

Jérémy en reste là, ému.

Tiens, il ne zozote plus, efficace à plus d'un titre la Solange…

La faucheuse

-1-

Il faut rester pragmatique et le passé de Clémence Livrac a beau être romanesque, il n'éclaire en rien le mystère de l'enfant retrouvé sous la dune. Elle n'est pas, hélas, la seule à avoir traversé cette période tourmentée et les témoignages d'atrocités ne manquent pas. La retrouver serait l'idéal, mais gagner au loto aussi.

Les articles de presse des quotidiens et hebdomadaires régionaux concernant la découverte d'un squelette vieux de cinquante ans n'ont suscité aucune réaction : l'ombre de la collaboration et des compromissions plane toujours un demi-siècle plus tard. Les rares personnes encore en capacité de témoigner ont jeté un voile sur ces années où le sauve-qui-peut servait de sauf-conduit. La Libération a fait office de gomme et les documents officiels de l'époque furent noircis à l'encre sympathique.

Seules les victimes s'expriment. Elles crient leur amertume et leur usure. Les autres, la majorité, bourreau ou spectateur se taisent. La souffrance libère les mots et la mémoire les couche sur un cahier, plus ou moins habilement. Il faut être fort, soutenu ou inconscient pour s'en sortir, beaucoup plongent ou se suicident, ce que la raison d'État appelle « les dégâts collatéraux ». Dans quelle catégorie Clémence est-elle ou a-t-elle été ? Plus j'avance dans ce mois de février, plus la piste de la jeune résistante s'étiole, jusqu'à rester un vague point lumineux dans la course de l'Histoire, une neuvième planète.

Reste Léonard.

Consciencieux, il commence à investiguer, seul, au hasard des rencontres. Il faut dire que je le laisse agir à sa guise sans plan de bataille, sans ligne directrice, étant absorbé par mes rapports et captivé par la saga inachevée de Clémence Livrac. Il se sent, me dit-il, « comme une reine sans ruche ». Ses ouvrières, Jérémy et moi, occupés à essayer de reconstituer à l'écart, dans l'antre de mon bureau, l'image du puzzle, la photo de la boîte. La tâche est ardue voire impossible, d'autant que la majorité des pièces se sont égarées pendant les différents déménagements au cours des cinquante dernières années. Sur un grand tableau, je punaise à tout-va. Je punaise les protagonistes connus, une sorte d'arbre généalogique, d'un côté la famille de Marina et de l'autre la tribu Livrac jusqu'à la perte de la trace de Clémence en 49. Le père Grelot faisant le lien pendant la période d'occupation. Une fois les croix apposées en signe de disparition, je m'aperçois que je viens de dessiner un cimetière.

« Vous avez oublié le chat, me fait Jérémy, quelque peu moqueur… lui, il n'est pas mort.

— Oui Jérémy, bonne remarque, ne te fous pas de moi, et tu sais où il est toi, le Gédéon en question ? Chez Grelot, il a été libéré du brasier par l'assassin. Les chats m'ont déjà mené aux coupables, alors pourquoi pas encore une fois ? (je réfléchis à ce que m'a dit Lily concernant les Égyptiens). Voilà ce qu'il nous reste à faire : tu laisses tomber les registres de Sciences Po pour l'instant et pendant que je vais fouiner avec Léonard dans les endroits où il pourrait y avoir encore quelque chose à gratter, toi tu vas te renseigner pour retrouver le Birman, ça prendra le temps qu'il faudra… »

À lui de se coltiner tous les propriétaires de chats du Bassin comme l'a laissé entendre David dimanche dernier, sur la zone Andernos, le Mauret, Taussat. L'élément fondamental de la recherche tient à l'aspect particulier de l'animal, un sacré de Birmanie à trois pattes, ça ne doit pas passer inaperçu.

En sortant du bureau, je touche deux mots de ma prochaine quête féline à trois pattes à Plaziat que je croise dans le couloir, un dossier à la main. Il ne fait ni une ni deux et lance à la volée :

« C'est un peu la devinette du Sphinx votre histoire, Viloc… d'abord il a un corps de chat et puis l'histoire des trois pattes… (sans se retourner, en intensifiant le timbre de sa voix). Si vous résolvez l'énigme tel Œdipe, n'oubliez pas de m'inviter au mariage avec votre Jocaste. »

Je marque un temps d'arrêt. Renseignement pris, il s'agit d'une pirouette intellectuelle de plus, Jocaste étant la mère d'Œdipe. Entre Lily et lui, pas besoin d'*Encyclopaedia Universalis*.

Je n'ai jamais su qui était ma mère, mais aussi loin que je remonte dans mes souvenirs, je n'ai jamais voulu me marier avec une ombre.

La faucheuse

-2-

Pour être tout à fait franc, je n'avais qu'une confiance limitée, et c'est un euphémisme, en l'action salvatrice de Léonard. La notion de médiumnité me dérangeait. Si ces gens ont un pouvoir réel à résoudre des affaires criminelles, pourquoi se casser la tête et perdre notre temps, nous, simples flics, à patauger et se perdre en conjectures ?

Et puis j'ai lu.

J'ai appris qu'il existe des vrais médiums et des pseudo-médiums ou faussaires.

À savoir l'histoire fabuleuse de Nancy Myer. Officiellement, elle enseigne l'espagnol d'une manière on ne peut plus classique. Mais elle exerce aussi une tout autre activité, plus originale, elle est médium détective, une profession non reconnue. « J'ai le don de télépathie qui me permet de lire dans les pensées. J'ai aussi des pouvoirs grâce auxquels je peux percevoir les choses telles qu'elles se sont déroulées, mais aussi de prédire l'avenir », explique-t-elle dans une interview suite à l'obtention auprès de la Delaware State Police de son *Certificate of Appréciation* (certificat de reconnaissance). Nancy possède des facultés de médium depuis son enfance à l'instar de Léonard. Mais c'est vraiment à vingt-huit ans, en 1973, qu'elle va réaliser sa différence. Pour revenir au dessin, j'ai relevé dans les trois cent cinquante cas sur lesquels elle a travaillé jusqu'à présent, avec un taux de réussite de quatre-vingt-dix pour cent, une affaire où elle raconte : « C'est une affaire où des dames âgées se faisaient violer. Le criminel opérait toujours de la même manière en s'introduisant de nuit par la fenêtre. J'ai demandé alors au dessinateur du portrait-robot de lui mettre une casquette. D'habitude il n'aime pas qu'on mette des accessoires comme des chapeaux sur le portrait-robot, mais là, j'ai insisté, car j'avais eu la vision que le criminel ne se séparait jamais de sa casquette. Lorsque la photo du criminel nanti d'une belle casquette est parue dans le journal le jour de son arrestation, le portraitiste a fait amende honorable, impressionné par ma performance. » Pour les services de police, lorsqu'une enquête piétine, le dernier recours a toujours un seul et unique nom : Nancy Myer, qui à quarante-huit ans aujourd'hui est devenue la terreur des criminels, celle qui déniche le grain de sable.

D'où l'importance du dessin et la valeur inestimable de Léonard, le dernier atout sorti de la manche de ce diabolique Plaziat. Il faut savoir écouter. À la différence de Nancy Myer, Léonard a besoin de croiser physiquement sa *proie*. Énorme différence qui fait de moi le dernier relayeur avant la ligne droite. Je suis le guide indispensable, mélange de chien d'aveugle et de chien de chasse. Où peut bien se remiser ce gibier rusé, sur quel territoire et dans quel biotope ? Je n'en ai aucune idée et mis à part mon enquête sur Pierre Dortel et mes arrêts récurrents « cigarillos » au *Pacha*, je ne suis pas dans l'intimité de cette région du Bassin. Je sais une chose, si je veux rencontrer de l'animation, il faut traîner mes guêtres dans les lieux de vie le samedi soir, à partir de l'apéro. Je préviens Léonard de notre escapade nocturne pour après-demain. « Parfait, me dit-il, ça tombe bien, c'est l'anniversaire de ma belle-mère, l'excuse est toute trouvée, merci Anselme. »

D'ici là Jérémy aura peut-être retrouvé la trace de Gédéon.

La fauchuse

-3-

À l'occasion du pot de départ de Larrieu, un inspecteur sexagénaire, Plaziat en pleine forme, cite Victor Hugo devant une assistance forcément acquise à sa cause : « Amis, dans ma douce retraite, à tous vos maux je dis adieu » puis improvise : « Pour tous vos états de service, je n'ai qu'un mot, merci Larrieu », moins émouvant, mais pragmatique et spontané, et surtout vrai. Larrieu, un bourreau de travail, tellement ému qu'il ne peut piper mot lorsque le commissaire l'en prie. Une bouteille de mousseux plus tard, il va mieux, il parle, il parle et je dois mon salut d'auditeur de carrière au *boss* qui m'attire dans un coin.

« Léonard m'a dit que vous allez faire la tournée des grands-ducs demain soir à Andernos ? Il s'en va temps Viloc… vous êtes comme le chat recherché, Gédéon je crois, vous êtes un moteur qui marche sur trois pattes (il m'attrape par les épaules et me secoue), une sorte de diesel un peu long à chauffer, mais là c'est parti, alors je compte sur vous, Viloc, jusqu'à présent vous ne m'avez jamais déçu, même si vos méthodes sont… comment je pourrais les définir… sujettes à caution, oui c'est ça sujettes à caution… des méthodes du troisième type (il me tapote la joue, décidément très tactile ce soir). Avec un autre que moi je pense que vous seriez déjà à un carrefour à gérer d'autres formes d'ovnis.

— L'urgence est souvent mauvaise conseillère (je ne me laisse pas déstabiliser) et l'attente a toujours été ma philosophie de vie, subie au début de mon existence puis peu à peu apprivoisée. Maintenant j'en ai fait une arme, une stratégie, la stratégie de l'attente du déclic significatif, une sorte de synchronicité adaptée au crime, si vous voyez ce que je veux dire… Je suis patient et je ne m'en plains pas (à mon tour de versifier) : “La patience a ce don que possède le chien de ne jamais se plaindre, elle peut vivre de rien”.

— Bravo, poète avec ça… Oui Viloc, merci, j'ai constaté que la patience et vous, ça faisait un… mais moi, hélas, j'ai besoin de matière et de résultats, alors bonne pêche pour demain soir en espérant que le chat, lui aussi, soit patient et vous attende… quelque part… ou que Léonard ait ses fourmis devant une révélation, ou les deux, sait-on jamais. »

Larrieu, heureux Larrieu qui n'a plus à se soucier de résultats, d'urgence, ni de rien d'ailleurs.

Sur la route du retour, Stéphane Grappelli me détend, il est tard et le ciel, rempli de brillances, augure la réussite du challenge pictural du lendemain. Au point où j'en suis, autant me transformer en devin chargé d'interpréter les phénomènes naturels. À l'époque, hors de question d'entreprendre quoi que ce soit sans consulter les augures. Quel délice de s'en remettre à de telles décisions. En ce temps-là, pas question d'urgence, les augures les plus significatifs étaient le tonnerre et les éclairs, moi, c'est la brillance du ciel, à chacun son époque. Dans mon affaire, il s'est passé presque cinq mois depuis l'apparition de Marina sur la plage du Cap-Ferret et cinquante ans et presque cinq mois depuis le crime d'un gamin du nom de Paul Keller. Elle me fait bien rire l'urgence ! Aujourd'hui, j'ai du mal à comprendre, mais je crois au lendemain. De toute façon, je suis en bout de cycle et d'argument, ça passe ou ça casse ; les chats et moi c'est une longue histoire, une connivence félino-policière, une complicité de guetteurs.

La nuit éclaire l'étroit passage qui mène à la cabane, je n'ai pas besoin de tâtonner pour rejoindre la porte d'entrée. Sylvia est là, dehors, assise dans le noir, emmitouflée dans une épaisse couverture. Sa silhouette se découpe en ombre chinoise sur le scintillement de l'eau. Le rocking-chair se balance lentement au rythme d'une marée indolente. Elle me sourit. Elle a l'air serein et me fait signe de me taire. J'ai l'impression de la retrouver.

Voilà où est l'urgence.

Nous ne sommes plus là pour personne.

La faucheuse

-4-

Le Bassin, bien que d'huile, est propice à l'aquarelle. C'est une matinée d'hiver de rêve, lumineuse, fraîche, juste ce qu'il faut, porteuse de bonnes nouvelles. La nuit fut courte, j'ai reconquis ma femme, une Saint-Valentin en avance, oh, d'une petite journée seulement. Une fois n'est pas coutume, je fais la grasse matinée devant des bernaches arrivées dans la nuit, pour elles c'est l'heure de la toilette, à plonger et à s'ébrouer sans cesse, le voyage a dû être long. J'ai du temps ce matin, nulle obligation à faire quoi que ce soit, Noémie passe le week-end chez une amie et le rendez-vous avec Léonard à la jetée d'Andernos n'est qu'en milieu d'après-midi. De concert avec la nature légère, le *Live in Montreux* de Didier Lockwood rythme mes pensées et mes étirements.

Sylvia est debout depuis belle lurette, le pain, le journal, tout est déjà là. Elle doit me « parler sérieusement » dit-elle, à midi, juste avant le repas. Du mystère flotte dans l'air…

« Tu risques d'être surpris par ce que je vais t'annoncer. J'ai longtemps hésité, mais j'ai pris une décision qui va, je le souhaite et je le crois, te convenir. Je te dirai ça, tranquillement, quand tu seras douché, rasé, habillé et parfumé. Il me faut un peu de temps, car ce n'est pas simple… plus d'un mois que ça me perturbe… je n'ai pas voulu t'en parler… tu verras pourquoi…

— Même pas un indice, inspecteur ? je questionne amusé, en bâillant à moitié entre les draps défaits.

— À midi, douché, rasé, habillé et parfumé, elle répète en chantonnant cette fois. Je me crois dans Blanche Neige. »

Je sais ce qu'il me reste à faire. J'espère que ce ne sera pas une douche froide. J'obtempère et me mets, une fois prêt, en quête de bois pour le poêle. Tandis que j'ai les bras chargés de bûches, le téléphone sonne. Sylvia décroche. Elle n'a pas le temps de dire allo, qu'un flot de paroles, inaudibles pour moi, déferle dans le combiné. Sylvia, stoïque, écoute, opine de la tête, et enfin exprime un laconique : « OK. »

« C'est Jérémy, il te fait dire qu'il a retrouvé le chat, Gédéon. Il t'attend devant l'église Notre-Dame de la Paix, boulevard de la République à Andernos… ça te parle, je suppose. »

Tu parles que ça me parle, je sens que la matinée ne ressemble pas aux autres ou du moins qu'un nouveau chapitre s'annonce. Gédéon retrouvé, où et dans quel état ? Un regret, je me suis sauvé comme un voleur avant les révélations de Sylvia, « ça peut attendre », m'a-t-elle rassuré, son sourire et la tendre façon de me caresser la joue à l'instant de quitter la maison me laissent augurer quelque chose de positif.

« Ça fait deux jours que je bats la campagne, siffle un Jérémy satisfait… entre vétos, pharmaciens, représentant de la SPA locale, voisins de Grelot et c'est finalement dans la supérette proche du Betey que j'ai recueilli l'info, ce matin vers onze heures. Une brave mamie qui avait l'oreille qui traînait m'a assuré avoir vu récemment un chat à trois pattes, pas loin de chez elle, à deux maisons elle m'a précisé, un chat qui n'était pas là avant… elle habite rue des Lauriers, au numéro 8, juste derrière l'église… Alors je suis passé devant le 12 une première fois… je suis repassé une deuxième fois… comme rien ne semblait bouger, je me suis arrêté devant… une maison de plain-pied au fond d'un terrain avec sur la gauche un appentis protégeant un biclou fatigué et un jerrican d'essence… des chats en liberté un peu partout et en observant bien, un spécial, plutôt couleur coquille d'œuf avec seulement trois pattes aux extrémités blanches.

— Tu as sonné ?

— Non, non. Pas de sonnette et aucun signe de vie dans la maisonnée… le portail était resté ouvert… ça m'a l'air un sacré bordel à l'intérieur... mais attendez, la chose qui va certainement vous intéresser est à venir. Figurez-vous que la femme qui habite là a une allure particulière, elle boite et a un visage ravagé... complètement déformé comme si elle avait été aspergée d'acide, avec, en plus, un œil de verre, je ne l'ai pas vue, mais toujours d'après mon informatrice... un bonjour, un bonsoir avec le voisinage et c'est tout. Comme vous m'aviez parlé d'une femme rencontrée dans un bar qui correspondrait plus ou moins à cette description, le rapprochement me semble intéressant.

— Nom de Dieu, la *Callas*... mais diable, que vient-elle faire là-dedans ? »

Pas âme qui vive en effet dans la maison, âme humaine s'entend, car côté félin, c'est une bonne douzaine de greffiers de tous poils qui nous reçoit entre miaulements, ronronnements et claquements de mâchoires. Certains ont la pupille dilatée, signe d'effroi, d'autres comme Gédéon clignent des yeux en signe d'affection. Sur ses trois gants blancs il se promène en sautillant à nos côtés, son long corps habillé par un couturier de talent. Son nez romain, busqué, a sans doute déjà senti le but de notre visite. Ce chat est un devin, il pratique l'art du silence, l'avenir ne peut être que sibyllin, je le vois dans son regard bleu, fascinant et profond.

Pas question d'entrer sans mandat de perquisition et après tout, pour quel motif? Délit de sale gueule ? Présence d'un bidon d'essence ? Une fois rassurée par nos identités, la voisine d'en face indique qu'elle ne sait rien de cette femme taiseuse, pas même son nom, si ce n'est qu'elle fait ses courses, avec sa vieille 4L, un samedi par mois au Mammouth de Facture, « je le sais grâce aux emballages (elle se justifie) et elle y passe pratiquement la journée ». Jérémy ne fait ni une ni deux et suppose que le samedi en question c'est… aujourd'hui. Après des félicitations moqueuses sur sa perspicacité :

« Il faudrait faire un tour au cadastre de la ville pour savoir à qui appartient l'habitation et éventuellement connaître le nom de la locataire, mon cher adjoint… si ça pose des problèmes voilà le numéro de téléphone des *Tamaris*, j'y serai, car j'ai rendez-vous là-bas avec Léonard dans une petite demi-heure. Je sais que Plaziat connaît bien Pérusat, le maire, ça peut faire avancer les choses. »

À peine le temps de scribouiller le numéro sur un coin de journal, Jérémy a déjà détalé…

La faucheuse

-5-

Je tais sciemment à Léonard l'épisode de la localisation de Gédéon, rue des Lauriers.

Le tête-à-tête avec la *Callas*, ce soir au *Pacha*, risque de faire des étincelles graphiques. Encore faut-il qu'elle soit là. Ce serait bien la peste, elle ne manque jamais l'apéro du week-end aux dires de Roger, le patron. Et s'il ne se passe rien ? Si Léonard n'éprouve aucun besoin de la dessiner, ne ressent aucun picotement à sa vue ? Non, je ne peux pas y croire, les indices sont concordants, cette femme a un rôle dans mon enquête ; son attitude revêche, la présence du chat de Grelot, le bidon d'essence… D'un autre côté, je note une argumentation bien légère, mais c'est quasiment ma dernière cartouche, après… il reste les cierges.

Léonard s'inquiète de ma décontraction voire de ma nonchalance. Assis à la terrasse des *Tamaris*, la tête renversée, immobile, paupières closes, je prends ostensiblement le soleil en devisant sur des banalités, la fréquentation de la jetée d'Andernos, la plus longue de France, deux cent trente-deux mètres, sur l'intensité des UV, etc.

« Dites-moi, j'aurais dû amener ma crème solaire parce que moi, j'ai une peau de blond, fragile et délicate… alors si vous permettez, Anselme, je me mets à l'ombre, me dit-il, se glissant sous le parasol avec son Perrier menthe.

— Faites, Léonard, faites, c'est tellement rare en février une telle journée, il est bon d'en profiter. »

Si j'avais pu anticiper les derniers événements, il est évident que je l'aurais convoqué beaucoup plus tard. Ainsi devons-nous passer le temps tels deux oisifs un samedi après-midi, ensoleillé heureusement. Je ne veux toujours rien lui dire pour éviter un conditionnement quelconque. À ses œillades perplexes, je vois qu'il s'interroge. Il n'est que seize heures trente. Jamais encore je n'ai eu une aussi pressante envie de meurtre et j'en mesure la difficulté, deux heures et demie à tuer, c'est compliqué. Du coup, je l'emmène faire un tour du côté de la mairie à la rencontre de Jérémy.

Léonard compare l'hôtel de ville au hall d'une piscine municipale. Il n'a pas tort, la touche de modernité minérale apportée par l'architecte de l'époque à la ravissante villa *Tijuka* rapproche le bâtiment d'un lieu aseptisé et avec un peu d'imagination olfactive, le chlore nous monterait aux narines. Une impression de piscine, tiens, tiens… la tête la première dans le grand bain de l'histoire avec un grand H est une métaphore intéressante. Je prends sa comparaison pour une prémonition. La prémonition d'une plongée dans les abysses d'un passé inachevé, receleur d'énigmes, sans garantie aucune de découvertes essentielles à la compréhension des meurtres.

Le risque existe, cependant je reste optimiste, à condition de ne pas plonger dans le petit bain.

Pas de Jérémy dans le secteur, il doit se débattre avec le service de l'urbanisme, tout seul comme un grand, tant mieux, bientôt une réponse sans doute. Je regarde ma montre, on a encore du temps. Alors je le fais passer ce temps qui dégouline en traînant mon compagnon de balade près du rivage, lui fait découvrir la jolie église romane du onzième siècle, Saint-Éloi, dont les vestiges gallo-romains font frémir de bonheur les promeneurs en quête de connaissance. Visiblement, les vieilles pierres n'ont pas le pouvoir de séduction escompté, alors, pour boucler le triangle didactique, un petit détour jusqu'à la médiathèque récemment inaugurée au milieu des pins, joli bâtiment élégamment intégré dans ce lieu de verdure ou culture rime avec sérénité. Pour finir, à nouveau devant la plage et une marée désespérément basse. Et tout ça à un rythme de sénateur pour tirer le temps jusqu'à l'heure attendue. Mon Dieu que c'est pénible de faire du surplace, j'ai horreur de ça !

Dix-huit heures trente, j'ôte enfin mon badge de guide de l'office du tourisme, il était temps. Léonard en a marre de voir des pinasses, si jolies soient-elles, couchées sur leur flanc sur une vase humide, abandonnées là, tenues en laisse par un corps-mort lui aussi échoué, impatient de revivre à la prochaine marée. Un peu en avance sur l'heure du rituel, j'embarque l'homme inséparable de son cartable à soufflets sur la banquette en skaï rouge du *Pacha*. Face à l'entrée des artistes, la position idéale. Une chambrée discrète anime les débats à cette heure-ci. Pas ou peu de monde que je connais, seul *Einstein*, l'hypothétique futur énarque, est là, le nez dans un bouquin, il ne pipe mot, « il repart sur Paris demain, murmure Roger en nous posant les boissons sur le formica jaune. Il se débrouille à venir les week-ends pour voir sa mère, son père est mort récemment… Tiens voilà Albert… Crémier ne doit pas être loin, il claironne en retournant vers le zinc gardé par Rintintin ». En effet, Crémier, jovial, montre le bout de son ventre dans les cinq secondes qui suivent l'entrée de son éclaireur.

« Deux jeux, deux tapis, des jetons et huit momies, sans oublier les cacahuètes, s'il te plaît Roger chéri et que la fête commence », aboie poliment le chef de la bande.

Il est dix-huit heures quarante, le ton est donné, quand Jérémy déboule. Je laisse Léonard à ses contemplations et sors discuter sur le trottoir avec mon adjoint.

L'IMBROGLIO

-1-

Colette Joulisse, voici le nom de la locataire de la rue des Lauriers, la kidnappeuse de chat, celle qui fait ses courses au Mammouth, une fois par mois, le samedi. Une petite année qu'elle est locataire, sans problème particulier, elle règle ses loyers en début de mois et paye ses charges. C'est une annexe de la SPA, mais le proprio s'en moque.

« En résumé, conclut Jérémy, tout est normal, que du banal.

— Ce qui l'est moins si ma mémoire est bonne c'est ce nom de Joulisse, je m'interroge en me grattant la tête, c'est le nom que Marina appelle dans ses rêves, je crois… je vais relire mes rapports. Ça ne te dit rien ? »

Il n'a pas le temps de répondre que l'objet de la discussion, Colette alias la *Callas*, en parka rouge, tourne la rue et, renfrognée, se dirige en clopinant vers le sanctuaire. Le spectacle de ce visage, pour qui n'a pas l'habitude, est rude. Sans la dévisager, juste en l'observant entrer dans le bar, son profil gauche est un champ de ruines, crevassé, défoncé et nanti d'une prothèse oculaire à l'esthétique discutable. L'absence de sourcil accentue l'impression de terre brûlée. Des cheveux bruns aux racines blanches donnent à penser que la nature a gardé la main sur cette partie. Jérémy lui emboîte le pas.

Je décide de rester dehors et d'attendre la réaction de Léonard. Le nez sur le carreau entre deux autocollants, jamais gamin n'a été aussi absorbé par un spectacle derrière une vitrine. Le contact froid de mon front sur les panneaux de verre du bar-tabac rappelle mon émoi de minot, la bouille carrément écrasée contre la devanture des *Dames de France*, boulevard de la Colonne à Chambéry, juste avant Noël. À l'époque, je voulais tout et je n'avais rien, aujourd'hui je ne veux qu'un dessin.

Il ne faut pas attendre longtemps pour que Léonard extraie de son cartable une feuille en même temps qu'il cherche des yeux, derrière le bar, le chevalet préalablement confié à Roger. Bingo, il a une touche, il ne lui reste plus qu'à ferrer le poisson. Le problème est que le poisson en question n'est ni un perdreau de l'année, ni une image pieuse. Roger, prévenu de l'activité de l'artiste, en sage, nous avait avertis :

« Pour la *Callas*, il vaudrait mieux attendre le cinq ou sixième rosé, le temps qu'elle se détende… parce qu'avec la gueule qu'elle se paye, ça m'étonnerait qu'elle ait envie de se faire tirer le portrait… vous pourrez commencer par… moi par exemple. »

Et Roger de poser, tel un empereur romain, menton relevé, façon statue antique des livres d'Histoire, seule manque la couronne de laurier. Aussitôt les curieux affluent à proximité et, devant la qualité et la gratuité de l'illustration, les demandes pleuvent. Derrière la vitre, je ne quitte pas des yeux notre harpie, pas ou peu intéressée par le mouvement de foule. Si j'ai bien compté, un quatrième verre disparaît en deux lampées.

Pendant que Léonard croque un Crémier hilare, je pousse la porte et me pose au comptoir à côté d'elle. De façon hardie, frôlant l'inconscience, je me lance dans ce que j'espère être un dialogue :

« Il est doué le gars et en plus il va vite. »

Je me suis positionné sur sa droite, évitant le calamiteux profil gauche, le droit est plus présentable.

« Le jour où il fera mon portrait, je serai morte. », dit-elle laconique, le regard droit devant, fixant l'endroit du mur où il n'y a pas de miroir.

Roger sort du frigo le rosé de Provence pour la cinquième fois. La *Callas* commence à fredonner *Nuits de Chine*… Avec François Valéry qui s'égosille sur *Elle danse, Marie, elle danse* côté juke-box, ça fait désordre. Au détour du deuxième *Nuits d'ivresse, de tendresse*, hop, une sixième rasade derrière l'amygdale. Je remets ma tournée pour atteindre le chiffre sept. Sept, c'est le nombre de têtes de l'hydre de Lerne, dont une, selon la légende, est immortelle. Je ne suis pas Hercule, en revanche, la *Callas* se rapprocherait de ce monstre et Dieu fasse que seul le crayon, plutôt que le glaive, la rende inoffensive. Enlevant sa parka, les joues en feu, la cantatrice me gratifie d'un merci pâteux, signe que Léonard devrait pouvoir passer à l'action sous peu. La tournée du patron donne le coup de grâce avant l'affalement de la cible, signal de l'installation de l'artiste en vis-à-vis du modèle. Peu de place derrière le zinc, mais suffisamment pour laisser libre cours au crayon dirigé par une main droite agile et déterminée. Quelques molles invectives plus tard, l'expression effarée de Léonard regardant le résultat m'annonce une sacrée surprise.

En effet, pour une surprise, c'est une surprise.

L'imbroglio

-2-

Sans parler de remugles, l'assemblage d'une bonne dose de patchouli et d'excréments de chats ne fera pas fureur du côté de Grasse et de ses mimosas ; la fameuse rémanence de patchouli relevée chez Decosse le lendemain de sa mort, c'était ça !

C'est le parfum de la *Callas*.

Enfin c'était.

À la couleur rouge de la peau, le légiste est formel, c'est du cyanure. À l'ancienne, efficace, sans chichi et sans trop souffrir, la locataire de la rue des Lauriers a réglé le problème. Elle gît avachie dans son fauteuil en toile, les yeux grands ouverts, au milieu de ses chats depuis au moins quarante-huit heures selon le docteur Maure. Ça me rassure un peu, car il m'a fallu batailler toute la journée de lundi pour obtenir ce foutu mandat de perquisition assorti d'une commission rogatoire. Raconter une histoire de branque à un juge qui m'a très vite pris pour un Martien a été une épopée.

L'intervention salutaire de Plaziat m'a permis de me présenter en règle ce mardi 16 février à six heures du matin devant le domicile de Colette Joulisse, alias la *Callas*, à Andernos-les-Bains. Avec le résultat que l'on sait.

À l'issue de la séance de samedi soir, titubante, la *Callas* a préféré s'allonger sur une banquette avant de rejoindre son domicile. Elle a l'habitude de rentrer bourrée, mais ce soir-là Roger et moi avions mis la dose thérapeutique nécessaire à l'exécution du portrait. Pour être calme, elle a été calme, on peut même parler d'amorphisme. « Une petite demi-heure de sieste la remettra sur pied, elle est costaud. », avait proféré le patron en connaissance de cause. En effet, bien vu, à peine vingt minutes plus tard, elle était debout et profitant de notre inattention, à la fois consciente et curieuse, elle faisait le tour du bar pour voir le dessin de Léonard. Avant qu'elle ne se jette dessus, prise d'une rage soudaine, Jérémy, plus prompt, réussit à sauver le croquis en la ceinturant fermement pendant qu'elle se débattait et éructait d'une bouche baveuse des insanités sur nos familles respectives. On ne la tenait plus, son regard exprimait la panique, comme prise dans une nasse elle voulait tout casser, nous n'étions pas assez de trois pour la contenir. Les gendarmes appelés dans la foulée procédèrent aux constatations d'usage et, après une nuit en cellule de dégrisement, elle fut reconduite chez elle le lendemain matin, d'après le rapport établi.

Léonard avait été effaré par la beauté du portrait couché sur le papier par rapport à l'aspect repoussant, voire hideux, du modèle, pour cela, encore une fois, ses fourmis ne lui ont pas menti. Le contraste est en effet une source d'étonnement pour tout un chacun, mais la chose qui m'a sauté aux yeux se situe ailleurs. Elle se niche dans la ressemblance de ce nouveau visage juvénile avec la photo de Marie Keller. Souvenez-vous, Marie Keller, la maman du petit Paul disparu subitement devant chez lui un jour de septembre 1942 à Andernos et dont j'ai récupéré la photo agrémentée d'un communiqué de presse dans le journal *La Petite Gironde* du surlendemain. Même ovale piqué de taches de rousseur, même regard, même coiffure, jusqu'au grain de beauté sur la pommette droite.

Incroyable !

Qui est cette femme ?

À l'intérieur, au milieu des litières sales, sur la table, en évidence, une enveloppe blanche appuyée contre un bougeoir. Elle n'est pas cachetée. Je l'ouvre pendant que les trois fonctionnaires relevant de mon autorité répertorient et placent sous scellés le peu d'objets et de documents significatifs en présence, comme la loi l'exige, des deux témoins, ahuris et en robe de chambre, requis dans le voisinage immédiat.

Cette fois-ci, je ne me laisserai pas prendre vivante. Une fois ça va. J'ai payé, ça se voit. Ce matin j'ai la capsule à portée de main, viatique que je n'avais pas sur moi lorsque les fridolins m'ont embarquée violemment en 44. Je ne saurai jamais par quel tour de magie vous m'avez débusquée, mais bravo et surtout merci. Oui, merci de me soustraire enfin à une vie de merde, mal emmanchée, mal menée et mal terminée. J'ai eu l'impression de prendre un typhon en pleine gueule toute ma putain d'existence. Mon discours semble sibyllin à vous qui lisez ces lignes, mais si vous avez un peu de courage et surtout si vous voulez comprendre le pourquoi des choses, vous trouverez dans l'armoire de ma chambre, bien rangés par date et par auteur, des cahiers. Des cahiers que je noircis depuis que j'ai l'âge de tenir un crayon, mais aussi ceux de ma mère, conservés comme des reliques. Il y a aussi l'histoire de Marie Keller, élément capital dans la tourmente de mon existence. Avant de croquer mon sésame, je vous souhaite une bonne dose de patience. Je ne vous demande pas de m'absoudre, je me débrouillerai toute seule là où je vais, comme d'habitude.

Pendant la lecture, assis sur le banc en bois, Gédéon n'a cessé de se frotter à mon bras avec un ronronnement de locomotive à éveiller l'ouïe d'un sourd. Machinalement je continue de le caresser une fois la lecture terminée et bien longtemps après, le temps que j'atterrisse.

Je décide de l'adopter.

L'IMBROGLIO

-3-

Plaziat est perplexe. Deux mois pour lire la soixantaine de cahiers et rédiger un rapport en forme de saga, il trouve ça long. Pas moi.

« Vous n'allez pas nous faire du Victor Hugo, Viloc (j'en arrive à croire qu'il aime bien cet auteur) à moins que vous n'ayez derrière la tête l'envie d'être publié, le sobriquet *Flic de papier* a l'air de toujours vous coller à la peau, non ? Remarquez, vous ne serez pas emmerdé par les ayants droit et l'histoire vaut le coup, alors pourquoi pas… parce que pour moi, l'affaire est close, Colette Joulisse, alias la *Callas* a de toute évidence occis tout ce beau monde, à savoir le petit Paul en 42, Jean Decosse et l'ancien boucher Grelot récemment. Elle-même étant *ad patres*, je me fous de savoir qui elle est et le pourquoi des choses, "affaire suivante" comme on dit au tribunal (il s'arrête net, se gratte le menton avec sa main gauche puis passe la droite sur son crâne lisse du front vers la nuque, son tic habituel). Allez, je suis bon prince et par respect pour l'étonnante ténacité dont vous avez fait preuve à partir d'un rien, d'une observation ordinaire sur une plage, avouez-le, je coupe la poire en deux, je vous donne quatre semaines, celle-ci incluse (il me sourit puis reprend d'une voix feutrée). Vous êtes un phénomène, Viloc, du bureau des rêves à *La Légende des siècles*, vous ratissez large. Si je ne vous avais pas, je m'ennuierais… oui, je m'ennuierais (forçant la voix). Allez faire vos exercices de lecture et d'écriture, j'attends votre œuvre (il me tend la main, chose rare, et ne peut s'empêcher de conclure par une galéjade). Tant que vous y êtes, demandez donc à Léonard de l'illustrer, à moins qu'il ne vous ait appris à dessiner. »

Sacré Léonard, véritable personnage de roman à la tignasse perle et au regard brillant, déterminant par son coup de crayon pour le dénouement d'imbroglios et par sa force inattendue pour contenir une furie. Léonard, prêt à faire le dur pour protéger ses dessins en attendant « le client », une « force tranquille » disait un slogan politique. Lui n'a rien d'un slogan et encore moins d'un politique, il est fiable et efficace, Plaziat m'avait prévenu, je confirme. Il m'a appris l'équilibre. Équilibre entre sa capacité de médium à chambouler des destins et son humilité à écouter et à respecter l'autre sans poser de questions. Observer, écouter, connaître et lui aussi, il voudrait comprendre avant d'accepter et de refermer le livre.

Un épilogue que je dois écrire à partir d'une pile de papiers. Des papiers qui ont traversé le siècle ; le manuscrit le plus ancien remonte à 1910. Plus de quatre-vingts années de journaux intimes à examiner, à déchiffrer, à digérer et pour finir à relater, alors trois semaines et demie pour faire le boulot, je veux bien, on verra...

Après un indispensable travail de dépoussiérage, j'attaque le job. Ce n'est pas pour me déplaire, l'intérêt me fait oublier l'ampleur de la tâche. J'alterne la lecture entre le sous-sol peu engageant de la maison mère et ma cabane aux côtés de ma femme. Oui, aux côtés de ma femme. Une nouveauté. Ma femme est de plus en plus présente à la maison. Et pour cause, elle prépare un examen, le BPAM, un diplôme qui lui permettra de régler un contentieux dont elle voulait m'entretenir le fameux samedi de mon départ précipité. Un tourment qui lui bouffait le foie depuis plus d'un mois, suite à un courrier en forme de mise en demeure issu des Affaires maritimes et signé du directeur, un certain monsieur Guillot :

« Madame, Monsieur,

Nos services administratifs nous ont signalé que vous occupez la cabane *Samsuffit* numéro 23 de la rue Sainte-Catherine dans le village ostréicole du Canon. Cette cabane a été attribuée à monsieur Dubédat Jean-Paul en date du 6 février 1958 pour exercer le métier d'ostréiculteur. Or ce dernier n'exerce plus depuis mai 1991. L'occupation des cabanes ostréicoles est uniquement réservée aux professionnels de la mer et par conséquent interdite aux particuliers. En conséquence de quoi, nous vous demandons de libérer l'endroit avant le 1er mai 1993 sous peine d'expulsion et d'amende.

Veuillez agréer… »

La réception de ce courrier est pour Sylvia un choc. Sachant combien je suis attaché à ce quartier, elle a gardé pour elle l'injonction. Elle n'arrive pas à me l'annoncer. La peur de me déstabiliser dans mon enquête de funambule l'inquiète. Alors elle cherche des solutions ; elle parle avec les uns, consulte les autres parfois jusqu'à tard dans la nuit pour une demande de recours ou un éventuel déménagement dans le quartier, mais derrière, hors du domaine public de l'État. L'épée de Damoclès est au-dessus de nos têtes. De cette situation délicate, nous nous en étions pourtant entretenus plusieurs fois avec Éric, mon ami pilote de navette et ostréiculteur de Gujan, le neveu de Jean-Paul Dubédat. Celui qui nous a trouvé ce bijou en bord de mer nous rassurait :

« C'est le bordel ces cabanes, y'a plein de particuliers qui les occupent, des Parisiens avec du piston… des familles d'anciens professionnels qui ne savent plus ce qu'est un gouvernail ou un hameçon, des écrivains et des vedettes de cinéma de renom qui viennent « se ressourcer » comme ils disent… alors installez-vous et on verra plus tard… avant que l'État ne fasse appliquer la règle, la dune du Pyla sera sous l'eau.

Oui, mais voilà, l'association des professionnels de la côte Noroît (ADPCN) a pris les affaires en main au début de l'année en donnant un coup de pied aux fesses au laxisme de l'administration. Il fallait bien que ça arrive et un inspecteur de police dans un tel désordre, la situation n'est plus tolérable.

L'imbroglio

-4-

Sylvia s'était renfermée, ne souriait plus, ses interventions étaient devenues laconiques, voire inexistantes, comme à l'*Escale* la dernière fois. Je mettais ça sur une lassitude du couple due en partie à nos désertions mutuelles, elle par son boulot grandissant et moi, absorbé, dans ma tour d'ivoire de flic. Je pensais que les choses allaient s'arranger avec le temps. Je me bandais les yeux de peur d'envisager le pire, un amant, une séparation. J'étais à mille lieues de m'imaginer la véritable teneur de la complication.

Et puis, sur la plage non loin de *Samsuffit*, un beau jour de février, Bertrand en train d'installer ses poches avant de les remonter par le treuil vers son atelier a croisé Sylvia. La marée remontait, elle marchait, les pieds dans l'eau, seule, voûtée, broyant du noir, elle avait pris dix ans d'un coup. À l'énoncé du problème, l'œil de l'Indien s'est éclairé.

« Passe donc tes diplômes d'ostréicultrice (il l'exprima comme une évidence). Tu dois faire un stage organisé par la profession au lycée de la mer à Gujan, acheter quatre-vingt-dix ares de parcs, au minimum et un bateau. Évidemment il faudra que tu passes ton permis pour naviguer, le PCM... tu vas pas y aller à la nage. Il s'arrêta et nota un intérêt certain de la part de son interlocutrice, il continua de plus belle. Tout ça coûte un peu d'argent, mais les banques suivent et puis vous êtes encore jeunes. Pour l'atelier, on se débrouillera et je te ferai faire un petit stage pratique avant que tu ne navigues de tes propres nageoires... et puis voili, voilou, l'affaire est dans le sac. C'est un peu de boulot, mais si tu as la volonté de le faire, c'est faisable... j'en connais qui l'ont fait, pas des millions, mais, encore une fois, c'est faisable... j'oserais dire, c'est pas la mer à boire. Il lui fit un grand sourire. Tu vas réduire tes heures d'infirmière, c'est sûr, mais il faut savoir ce que l'on veut. Après, concernant la date butoir du 1er mai, tu expliques ton cas et tu dis que tu as mis la machine en route et que tu peux revendiquer la cabane. Puis, malicieux : Anselme doit bien connaître deux, trois personnes du côté de Castéja... et avec tout ça tu seras régularisée ma grande. Après, il faudra exploiter et à ce moment-là, je t'expliquerai. »

Sylvia s'était sentie renaître. Réjouie par cette perspective, une nouvelle vie en quelque sorte, elle s'était mise à piquer un sprint sur la plage, débarrassée de son inquiétude pendant que Bertrand hurlait au loin :

« Si tu préfères, tu peux faire la pêche. »

Non, elle restera sur l'ostréiculture. L'histoire ne traîne pas. Dès le lendemain matin, elle est aux Affaires maritimes puis au lycée de la mer de Gujan-Mestras pour faire les démarches nécessaires. La procédure est lancée. Comme après une piqûre de jouvence, elle renaît. D'où le feu d'artifice d'avant la Saint-Valentin avec l'annonce d'un chamboulement prévue dans la foulée, le samedi midi, malheureusement remise à plus tard à cause d'un sacré de Birmanie à trois pattes, retrouvé dans une maison d'Andernos.

Depuis nous vivons une deuxième lune de miel et la lecture que je me suis imposée n'en est que plus sereine. J'avale les cahiers les uns après les autres, noircissant à mon tour feuillet sur feuillet avec de l'émotion et de nombreuses surprises.

Il me faut plus d'un mois pour rédiger le texte. Gédéon, en figure de proue, le nez scotché sur la baie vitrée à considérer son nouvel environnement ne m'aide pas, non, mais sa présence me réconforte. Un chat me fait du bien et une musique m'inspire, celle d'Elek Bacsik, violoniste hongrois décédé le dimanche de la Saint-Valentin. Je me régale et lui rends hommage en me délectant de la version d'*I love you* jouée à Newport. Observer mon Gédéon et voyager sur un swing jazzy ne m'aident pas à la performance épistolaire, je l'avoue. En bon grincheux, Plaziat se plaint de ce dépassement, mais pour la forme. Après lecture, il en reconnaît l'utilité.

Voici une tragédie.

L'histoire d'une famille banale prise dans les tenailles de la grande, l'Histoire, et dans les coïncidences de la petite, celle de tous les jours.

Bouliac

-1-

Le 24 avril 1912 la maison Bruchard, sur la place de la mairie dans le bourg de Bouliac, voit naître Marie. À un jet de noix, en contrebas, le mur du cimetière et juste au-dessus, à main gauche, devant l'église romane du douzième, sur les coteaux de la rive droite, un grand tilleul datant du Moyen Âge se dresse, fier, face à la capitale girondine. Le village abrite moins de sept cents âmes et la petite arrive telle une promesse dans une famille déjà marquée par la perte de deux enfants. Aucun d'eux n'a pu atteindre son cinquième printemps.

Aidée par la vieille voisine, la mémé Raspaille, par sa fille Amandine et par les PTT, Rose Bruchard a eu chaud, très chaud. Il s'en est fallu d'un rien pour que l'une disparaisse et que l'autre n'apparaisse jamais :

une chute dans l'étroit escalier en bois sur un sol en terre battue, le facteur qui passe au même instant, il a un colis à déposer, il toque, il insiste, pose son vélo et rentre comme souvent… il donne l'alarme et dans l'urgence Marie naît, sauve et saine… Son père Jean, employé de ferme, est dans les vignes à l'autre bout du village, près de Latresne. Vite prévenu, il improvise une fête dans la courette, derrière la place, allume sa pipe en bois de merisier sculpté et débouche son meilleur vin, celui que le régisseur lui donne à chaque fin d'année comme étrennes. Il en a toujours un peu plus que les autres et du bon, du bouché. Il est apprécié, car courageux et appliqué, « un bon élément » dit son patron, « pas tout jeune, mais un bon élément ».

Jean a trente ans quand Marie vient au monde et Marie aura quatre ans et demi pile quand Jean sera tué à Verdun le 24 octobre 1916 lors de la reconquête du fort de Douaumont, juste à côté du maître-ouvrier Dumont, dira-t-il plus tard. Ironie du sort, Paul Dumont, escorté de quatre marsouins, sera le premier soldat français à pénétrer dans le fort, y capturant, dans la fournaise, quatre officiers et vingt-quatre soldats allemands exsangues. Jean était sur la mauvaise trajectoire, à quelques centimètres près.

À quatre ans et demi, à la campagne, on sait en l'écoutant si le merle s'accouple ou s'il pleure, on reconnaît la grêle à la mauvaise saison et on se doute de ses effets néfastes sur la vigne fragile, pas besoin de machine, non, la vue d'un ciel limpide et la complainte du vent dans les feuilles des peupliers seront plus explicites que le meilleur des baromètres, la nature frémit et l'enfant lui répond, c'est ainsi.

Alors, Marie a compris. Un choc, une blessure, le deuil et puis la vie, la vie qui ne rit plus, une vie de plomb à rechercher le contact d'une peau, les odeurs de tabac et le bruit du bouchon qui saute…

Elle aurait dû souffler en famille sa neuvième bougie quand sa sœur Amandine, de presque dix ans son aînée, se marie avec un Landais de Samadet, à côté d'Hagetmau, rencontré au bal de l'armistice à Bordeaux. Marie ne voit plus sa vie qu'en Rose, une rose fanée prématurément. Elle avait trente-deux ans quand son époux Jean, le père d'Amandine et Marie, s'est fait faucher dans la plaine meusienne. Depuis, rien ne se fête plus chez les Bruchard, ni anniversaire ni rien, Rose ne veut plus, ne peut plus… elle n'ira pas au mariage, Hagetmau, c'est loin, elle n'invitera que le silence pour l'anniversaire de Marie… Elle ne sort plus depuis la mort de son Jean, fait quelques travaux de lavage et de repassage et puis c'est tout… « Elle souffre de mélancolie » dit le docteur Gontrand, « laissez-la se reposer, avec le temps ça ira mieux ». Mauvais diagnostic, ça ira de mal en pis, ses traits se déferont précocement et son esprit ne quittera plus l'obscurité, une nuit tombée sur elle un jour de pluie de novembre, sournoise, camouflée dans une missive à l'en-tête de la République.

La famille Raspaille, les voisins, déjà attentifs, veillent dorénavant sur Marie. Le père, solide gaillard d'une quarantaine d'années à la barbe noire exerce le métier de bûcheron, la mère, replète, s'occupe de la basse-cour et de *Mémé Raspaille* comme on l'appelle. Toujours bon pied bon œil la vieille, pour preuve, son intervention décisive lors de l'accouchement précipité de Rose. Eux aussi sont dans le deuil, leur fils aîné est tombé sur la Somme, il avait vingt-deux ans. Louis, le plus jeune, reviendra, amputé du bras droit. Reste Fanette la dernière, deux ans de plus que sa petite voisine, elle deviendra sa véritable complice.

L'éclat des yeux noisette de Marie suffit au bonheur de ces gens simples et lors du départ forcé de Rose pour l'asile du château Picon, en septembre 1922, la gamine n'aura pas loin à aller pour continuer sa vie, une vie curieusement engagée… d'abord une chute, puis une mort et enfin la folie, il y a mieux comme amorce… Elle n'a pas encore onze ans…

Bouliac

-2-

À l'enterrement de Rose, le 20 mars 1924, jour du printemps, soit un an et demi après son internement, la petite église romane de Bouliac est bien vide. Pas de veillée mortuaire, la folie fait peur et jamais ne meurt dans l'esprit des gens, mieux, elle colle à l'âme des défunts. Les bras ceints d'un bandeau de crêpe noir, seuls les membres de la famille Raspaille au complet accompagnent Marie et sa sœur Amandine, enceinte jusqu'aux dents, vers le cimetière où leur mère est mise en terre à côté d'un cercueil vide, décoré d'une unique croix de guerre.

À la messe, personne n'a chanté, pas même le curé. Pendant le sermon, il a évoqué les simples d'esprit à qui le royaume des cieux appartiendrait, mais qu'il ait confondu « simples d'esprit » et « pauvres en esprit » ne change rien, le village n'escortera pas une folle. Des gens étaient pourtant présents sous le grand tilleul, non loin du portail, mais ils n'étaient là que pour épier et se conforter dans leur décision de fuir la malédiction. Le tilleul a des feuilles en forme de cœur, la mythologie en a fait un symbole d'amour et de fidélité, or la superstition n'est pas la mythologie et l'ignorance est le lot du peuple. La sorcière et le bûcher nourrissent encore les esprits.

Dire que Marie en est affectée est un euphémisme. Sous la douleur, son jeune corps se noue et ses yeux rougis le sont à la fois par la peine et par la honte. Sans comprendre, elle pensait sa mère appréciée de toute la population et cette blessure restera indélébile. La pauvrette ne sait pas encore ce que folie veut dire.

Sitôt l'inhumation, pas de long souper collectif, suivant la tradition, pour Amandine. Le lendemain, au point du jour, elle doit retourner à Samadet dans la maison familiale de son époux, place des Arènes, où elle est attendue impatiemment. Tout est prêt là-bas pour recevoir l'héritier, elle porte devant, en pointe, on pense que c'est un garçon. Elle est adorée dans ce petit village des Landes entre forêt de pins, vignes et cultures de céréales, on la surnomme *La fée*. La sage-femme, madame Landrit, a déjà sa chambre près de celle de la future maman, une chambre tapissée d'anges et de nuages. Le Tursan est au frais, aussi bien chez Luc que chez Moncoucut, les deux bistrots en regard sur la route principale, à deux pas de la grande place. On ne peut pas aller chez l'un sans finir chez l'autre, une tradition !

Son voyage s'annonce pénible, car l'enfant à venir se manifeste de plus en plus violemment. Dotée d'une bonne nature, saine et vigoureuse, la jeune femme est résistante. Sa conscience lui a imposé le risque de monter à Bordeaux contre l'avis de sa belle-famille et de son mari trop affairé pour l'accompagner. La présence d'une fille auprès de sa mère pour son dernier voyage était une évidence et maintenant il faut revenir. Les douze heures de train, transferts et attentes inclus, se dressent devant elle pareilles à une épreuve. Le bagage est léger et la gare de Latresne, proche. C'est de là, sur un chemin fait de rails étroits, qu'elle embarque à six heures neuf pour le début du long périple : un premier arrêt à Bordeaux-Deschamps, rive droite, un fiacre pour atteindre la gare du Midi, de l'autre côté de la Garonne. De la capitale girondine une locomotive à vapeur Atlantic 221 l'emmènera, à sept heures quarante-deux, vers Irun avec changement à Morcenx pour une correspondance sur Mont-de-Marsan où elle pourra se restaurer à l'arrêt buffet de la grande gare landaise. Il sera alors un peu plus de midi et la tenace jeune femme aura le loisir de se reposer avant un départ pour Saint-Sever à quinze heures huit à l'horloge géante. Une fois dans ce chef-lieu de canton, il ne lui restera plus qu'à parcourir les quinze kilomètres la séparant de la gare d'Hagetmau qu'elle atteindra à dix-huit heures vingt-trois, soit, en effet, plus de douze heures de tête-à-tête avec la Compagnie des chemins de fer du Midi dans le confort précaire de banquettes droites en bois. Samadet se trouve à quatre kilomètres à l'est du terminus ferroviaire à l'odeur de cocon familial, que l'on parcourt en carriole et en confiance, déjà entourée des siens.

Marie est triste. Bien sûr les Raspaille l'entourent d'une affection sincère, mais ce n'est pas pareil. Elle est devenue capricieuse et aurait aimé que sa sœur reste quelque temps auprès d'elle, douze ans n'est pas un âge propice à la solitude même si, côté coups durs, elle commence à cumuler de sérieuses références. « Le malheur s'apprend de bonne heure » lui répète Fanette évoquant souvent le drame de son parrain, un chevillard bien connu sur la place, parmi les trois morts de l'omnibus Bordeaux-Toulouse à l'arrêt en gare d'Agen, percuté par un train de marchandises le 6 octobre 1921. Elle l'aimait bien le marchand de viande, un gros bonhomme affable, travailleur impénitent, apprécié de tous, croquant la vie à pleines dents et fauché prématurément à trente-six ans par le progrès, un monstre de vapeur et d'acier.

Depuis, le train effraie Marie, un traumatisme de plus dans la petite tête de neuf ans à l'époque. Alors, voir partir sa sœur, seule, impuissante, car prisonnière de ces tôles de fer, ne la tranquillise pas. L'inquiétude est devenue une seconde nature, elle a besoin d'être apaisée en permanence comme si la confiance en elle ne s'était jamais révélée. Ses délires nocturnes répétés inquiètent le docteur Gontrand, confirmant la fragilité psychique de l'enfant et à l'école aussi, l'instituteur, pourtant sévère, prend des gants pour lui annoncer une mauvaise note.

On évitera de lui dire que le voyage d'Amandine s'est terminé sous la verrière de la gare de Morcenx le vendredi 21 mars 1924.

Bouliac

-3-

Dans le confort précaire du convoi vers Morcenx, Amandine se rassure. L'enfant à venir lui aussi se calme à l'écoute du signal de départ envoyé par le sifflet de l'imposante machine à vapeur en gare de Bordeaux. Il ne dérange plus la future maman par ses contorsions aléatoires. Le cliquetis régulier des roues, passant sur les jointures de rail, a des vertus apaisantes, synonyme de retour au bercail et de confort retrouvé. Amandine se sent bien malgré la fatigue de la journée précédente et la dureté des banquettes en bois lustré des troisièmes classes. Le train est un luxe, mais la famille a fait l'effort, il ne faut pas contrarier une femme enceinte, surtout pour la première fois. L'accompagnement de sa mère à sa dernière demeure était pour elle un devoir, elle s'en est acquittée et maintenant elle va pouvoir mettre au monde un garçon, son garçon, enfin le pense-t-elle, du moins tout le monde le lui prédit. Elle voudrait se reposer, elle en a besoin, mais la rectitude et la fermeté des sièges l'en empêchent. Le compartiment n'est pas bondé, elle aurait pu s'allonger, mais là aussi, son embonpoint la handicape. Alors, dès les dernières habitations de la grande ville camouflées par le nuage de fumée noire issue de la cheminée de la locomotive, elle sort de sa sacoche un grand carnet grenat à l'épaisse couverture cartonnée.

Amandine écrit. Elle a toujours écrit. Ses délices de gamine quand, encore fille unique, son père Jean la faisait tournoyer dans les airs, les deux mains dans les siennes, à la façon d'un manège de fête foraine, son inquiétude à l'arrivée brutale de Marie, sa petite sœur, son angoisse à l'annonce de la mort de son père à Verdun et son désespoir de voir sa mère s'enfoncer dans un puits sans fond. Elle relate aussi ses bonheurs, bonheur d'un mariage heureux, d'une belle-famille aimante et d'un avenir prometteur. Là, dans ce rapide en direction de la gare de Morcenx à près de quatre-vingts kilomètres par heure, Amandine fait glisser son crayon de bois pour dire son soulagement de rentrer, elle insiste aussi sur sa terrible intense fatigue après les épreuves subies ces derniers jours, le voyage aller, le chagrin, la mise en terre, et surtout la nuit éprouvante passée auprès de Marie. Marie aux prises avec ses délires de petite fille fragile confrontée à la folie des grands, Marie qui l'a accaparée toute la nuit, ne lui laissant pas ou peu de repos avant un lever à cinq heures du matin pour attraper l'omnibus de six heures neuf à Latresne. Elle se prend à rêver, dans une écriture droite et courte, que le futur chantera pour ce garçon à venir, lui apportant travail, amour et félicité. Cette quiétude spirituelle ajoutée à un épuisement physique lui fait reposer son épaisse chevelure sur le montant en tôle du wagon, elle s'endort.

Un brusque coup de frein la sort de ses songes. Elle était bien dans les bras du Morphée des voyageurs, celui qui change tout le temps de position. Mais peu importe, le voyage se passe bien et le but se rapproche. Un drapeau à la main, le chef de gare de Morcenx est sur le quai, un homme sec à la casquette noire trop grande pour lui, pendant qu'un haut-parleur nasillard confirme le nom du lieu et indique le temps de l'arrêt. Neuf heures trente-trois indique la grande horloge extérieure sous la haute verrière. Amandine se lève difficilement, gênée par ses rondeurs et encore grisée par les évanescences de son réveil brutal. Elle relace ses bottines, elle doit s'y reprendre à deux fois pour ajuster son chapeau à plume avec une épingle, elle se pique, elle peste. Pas question de sortir « en cheveux » lui répète toujours son mari, maintenant elle aime porter un chapeau. Le train s'arrête dix minutes dans la gare construite au dix-neuvième siècle. Elle a un peu de temps, sa correspondance n'est que dans vingt-cinq minutes, mais il faut changer de quai et les accès sont encombrés pour cause de travaux d'amélioration. Amandine saisit lentement son léger bagage de la main gauche, la droite est en charge du sac à main. Elle est la dernière à quitter le wagon quand son ventre rebondit à nouveau. Elle prend une grande respiration avant de descendre sur le quai de béton. Encore somnolente, elle oublie le marchepied et bascule en arrière de tout son poids sur la surface dure. Sa tête sera le dernier élément de son corps à heurter le ciment, la laissant là, inerte, les yeux grands ouverts à contempler un ciel de verre.

Bouliac

-4-

Bouliac, vendredi 21 mars 1924, neuf heures trente, Marie et Fanette glissent leurs petites frimousses entre les grilles de la maison Vettiner, non loin de la place Camille-Hostein, face à la mairie. Près du grand ormeau, elles observent en gloussant les deux tortues géantes qui déambulent dans le jardin. Marie est fatiguée, elle n'a pas dormi, l'enterrement de sa mère la veille l'a épuisée. Son sommeil est toujours agité de délires nocturnes. Heureusement, sa sœur Amandine lui a tenu la main jusqu'à son départ pour les Landes, tôt le matin. Elle l'a calmée et lui a assuré qu'avec le temps, tout s'apaiserait.

Les deux fillettes ricanent à la vue de ces spécimens à la carapace solide ; on raconte que c'est un ancêtre qui les aurait ramenés des îles Galápagos, il y a plus de cinquante ans. Personne ne connaît précisément leur âge, mais il paraîtrait que leur espérance de vie avoisine les deux cents ans, alors les suppositions vont bon train quant à leur état civil, ça anime les discussions de comptoir. Bien sûr ces deux tortues terrestres sont devenues une curiosité non seulement dans le village, mais aussi dans le pays. Du coup, avoir cette attraction à deux pas de chez soi remplit de joie les deux gamines, elles ne s'en lassent pas.

Tout à coup, la petite Marie est prise de vertige, elle doit s'asseoir et s'adosser au muret en pierre supportant la grille, face à la place et là, son visage devient livide, elle perd connaissance, il est neuf heures trente-cinq.

Ce même jour, à Morcenx, dans la maison de madame Gouvernel, sage-femme, Clémence voit le jour. Il est neuf heures cinquante quand le docteur Lampierre, appelé d'urgence, pratique une césarienne sur Amandine, tombée à la renverse sur le quai de la gare quelques minutes plus tôt. La jeune femme est toujours dans le coma, il faut aller vite. La sage-femme ne pratique pas d'acte chirurgical. Lampierre est dans le secteur, une aubaine, il accourt aussitôt et sauve la petite fille, mais, hélas, le garçon et la maman terminent leur courte vie dans cette maison ancienne, dans le quartier de la gare, le deuxième jour du printemps. Amandine portait deux vies en elle sans le savoir ; le jumeau a gardé trop longtemps le cordon ombilical autour du cou et la mère a perdu trop de sang.

Anéanti, Louis Puyol, le mari d'Amandine, vient récupérer le nouveau-né et les effets de sa jeune épousée le surlendemain. En même temps, le corps de sa femme et du mort-né sont transportés dans la maison familiale à Samadet avec l'aide du mécanicien de chez Soum, le garagiste local totalement en empathie. S'ensuivent deux mois de deuil dans cette famille catholique, entre chagrin, lamentations et une nouvelle vie, lueur d'espoir dans le sourire de la petite Clémence. Clémence, Louis n'a pas cherché bien loin pour la nommer ainsi ; c'est le nom de la sainte célébrée le 21 mars et la clémence est un terme utilisé pour décrire la pitié, la compassion ou encore la miséricorde, puisse-t-elle en bénéficier…

C'est avant tout de paix dont a besoin la famille. Une famille détruite par ce drame, une famille perdue sans « sa fée », une fée qui égayait son petit monde, le rendant presque meilleur. Pour les gens de là-bas, Amandine venait de la grande ville, de Bordeaux et une fois curiosité et défiance initiales passées, c'est le respect et l'admiration qui ont prévalu dans ses relations avec les autres. Avenante, généreuse, travailleuse, altruiste, les qualificatifs la concernant ne manquent pas pour expliquer le vide que son absence génère. Il reste des photos, rares photos d'un bonheur d'autant plus puissant qu'il sera court. Elle s'en va à vingt-et-un ans, l'âge où son beau-frère André, le frère aîné de Louis, a perdu la vie le 22 août 1914, lors d'une des toutes premières offensives françaises, dans les Ardennes belges, à Rossignol pour être précis. Il reste les écrits d'Amandine, elle remplissait des cahiers et des cahiers, personne ne les lisait, « ce sera pour quand je serai vieille, plaisantait-elle, je vous ferai la lecture au coin du feu », à part justement ce poème émouvant pour André, son beau-frère. Un texte encadré au-dessous de son portrait en militaire dans le vaste hall d'entrée de la demeure de cette famille de viticulteurs, juste pour l'honorer sans le connaître :

Les blés ondulent et crissent, les foins étaient superbes
Le raisin de mon père ne parle pas le serbe,
Septembre sera chaud, les vendanges et les filles,
La gerbaude et l'amour, j'en ai les yeux qui brillent.

Mais le temps s'est figé, il est sournois ce mal,
Je fixe les nuages, ils filent comme des balles,
Un éclat d'acier Krupp me fait serrer les dents,
Je n'irai pas danser aux feux de la Saint-Jean.

Alors, quand le chagrin sera dans de la ouate, plus tard, un jour, Louis lira. Il fera lire Clémence, sa fille, aussi, dès qu'elle le pourra, seul lien physique entre elle, sa mère et son frère.

L'heure est au recueillement, l'injustice est muette.

Avant-guerre

-1-

Marie et Clémence grandissent. Différemment, isolées l'une de l'autre. Marie, l'aînée de Gironde, n'aura jamais connaissance ni de l'existence de la nièce landaise ni de leur extraordinaire ressemblance, le portrait craché de leur père et grand-père, Jean Bruchard disparu au front durant la Grande Guerre. Douze années les séparent. Marie ne saura rien de l'accident de sa sœur Amandine. On lui a laconiquement dit qu'elle avait déménagé dans le sud de la France avec son mari et son nourrisson, un fils inventé, Raymond, vers des vignobles plus propices sans lui donner d'adresse.

La belle-famille landaise de Samadet, les Puyol, a voulu couper les ponts avec ces Bruchard porte-malheur, une mère folle et une fille tourmentée, responsables à leurs yeux du décès brutal d'Amandine, leur amour, leur fée. Dans leur lettre de rupture, ils ne parlent ni de mort ni de l'existence de Clémence, simplement d'éloignement quasi définitif. Sans être conviée au baptême du petit Raymond, Marie s'étonne néanmoins de ne pas recevoir de faire-part :

« Ça se fait habituellement, dit-elle en fronçant les sourcils à Fanette Raspaille… dans les Landes, ils ne doivent pas avoir les mêmes coutumes… tu crois pas ?

— Oh tu sais, c'est loin les Landes… et en plus ils sont bizarres (Fanette cherche dans sa mémoire). Oui, j'ai vu des images de Landais drôlement fagotés qui marchent sur de grands bouts de bois et sans bâton pour se tenir en plus… ils sont vraiment bizarres là-bas… allez, n'y pense plus, tu le verras bien un jour le gamin de ta sœur… viens plutôt voir les tortues, on va leur donner de la salade, elles sont revenues près de la grille. »

Et le temps passe… Octobre 1929, le 28, *Mémé Raspaille* trépasse, vieille, à près de cent ans, un lundi noir venu d'outre-Atlantique, de Wall Street précisément et l'année suivante, en juin, Fanette convole, jeune, à vingt ans, au moment précis de l'évacuation définitive des troupes alliées de l'Allemagne, marquant la fin de plus de dix ans d'occupation ; une autre forme de liberté. Elle s'envole loin, de l'autre côté des Pyrénées, à Forua, une commune de Biscaye dans le Pays basque espagnol. Forua, tout près de Guernica. La crise économique n'a pas de frontière, elle est mondiale. C'est une période de vaches maigres, et malgré l'îlot de prospérité que représente la France grâce à ses paysans, les prix agricoles chutent, les campagnes se désertifient, le pays change…

Marie est seule désormais dans la maison Raspaille, non loin de l'esplanade de l'église Saint-Siméon, au-dessus de la grotte de l'Ermitage. Le pays va mal, le président Paul Doumer est assassiné le 6 mai 1932, l'argent vient à manquer. Marie ne comprend plus ce monde. Le père Raspaille multiplie les petits boulots, son métier de bûcheron ne rapportant plus assez, sa barbe a blanchi. La basse-cour de la mère pallie les lacunes de salaire par des exécutions plus fréquentes, mais ce ne sera pas éternel. L'ennui s'installe dans la vie de la jeune fille devenue couturière. Pourtant, le travail ne manque pas pour elle, la mode a toujours le vent en poupe, c'est l'époque de Coco Chanel. Elle ne cesse de coudre, repriser et créer de jolies tenues pour les dames aisées du voisinage. « Ça met du beurre dans les épinards, même si elle brade son travail », glisse entre deux lampées de soupe l'atrabilaire Louis, le frère rescapé de Fanette, manchot, son bras droit est resté au Chemin des Dames, « et encore je suis un miraculé » ne cesse-t-il de rabâcher, irascible. Une charge de plus pour la famille. Son talent de couturière est reconnu, mais Marie s'en fiche, elle a la tête ailleurs, loin des tortues géantes des sœurs Vettiner, loin du petit village girondin qui l'a vue naître. Elle pense à son père happé par les étoiles, à Amandine partie sans laisser d'adresse vers le soleil de la Méditerranée, à Fanette, installée par un hidalgo de passage dans une contrée basque de l'autre côté de la frontière. Elle revoit sa mère, Rose, un si joli prénom taché par la folie, la folie de l'amour, d'un attachement sans bornes l'entraînant hors des limites de la raison, un voyage sans fin, elle le comprend maintenant. De sa sœur en revanche, aucune nouvelle. Pourquoi ? Amandine, si proche, intime, seule bouée à laquelle se rattraper dans ce flot de délires, Amandine s'en est allée aussi. Elle s'est décrochée de son quotidien, éloignée de sa complicité fraternelle, comme ça, sans explication honnête, « l'homme est une bête curieuse », pense-t-elle. Marie ne veut plus subir. Alors elle veut partir, elle aussi. L'évasion sera son briseur de solitude, de lassitude, elle en est sûre, surtout ne pas laisser la routine s'installer, chaque jour est devenu un combat. À la nuit, un matin de septembre précédant le début des vendanges, Marie se glisse dans l'obscurité, elle s'évade. Quelques mots sur un bout de papier plié en quatre posé sur le buffet en chêne. Une caresse à Tom, le griffon, elle sait qu'il n'aboiera pas, il est né avec elle. Elle évite les lames qui grincent, elle les connaît à force de s'être fait pincer autrefois lorsqu'elle se levait la nuit pour chiper un peu de confiture, et elle part. Le vieux Gontran, le cordonnier en haut de la rue de la côte, lui a confectionné de bonnes chaussures de marche, « c'est pour faire de grandes promenades dans la campagne, le dimanche… maintenant que Fanette est partie, j'aime à flâner seule », lui a-t-elle dit.

Un baluchon de fortune peu encombrant pour ne pas éveiller les soupçons accompagne Marie, emmitouflée, sur la route du fleuve menant à la grande gare de Bordeaux. Latresne a été jusqu'à présent son déplacement le plus lointain, à peine quatre kilomètres. La jeune fille ne craint rien désormais, elle s'est discrètement renseignée auprès du facteur sans avoir l'air d'y toucher, elle connaît maintenant le chemin par cœur, il est imprimé dans sa tête. Son pécule est minime, sa détermination extrême. Une fois l'émotion du départ évanouie, elle arpente d'un bon pas les dix kilomètres la séparant de sa première étape, le nez dans son écharpe.

Le jour se lève à peine lorsqu'elle aperçoit dans une vapeur froide le fronton de la gare du Midi, l'horloge indique six heures quinze. Déjà taxis et fourgons attelés se pressent dans la brume devant la massive bâtisse en pierre, les véhicules à moteur sont encore rares. À part son église de Bouliac, Marie n'a jamais vu un bâtiment isolé aussi lourd. Elle a les yeux qui brillent et pense à la légende japonaise sur le château du brouillard, le château de Maruoka, qui disparaissait, enveloppé par un épais brouillard, à chaque approche de l'ennemi. Aujourd'hui, l'ennemi n'est pas là, mais tant de monde à pareille heure l'émerveille, elle sait dorénavant que sa décision est la bonne, elle doit découvrir autre chose et sortir des quatre murs entre lesquels son esprit se sclérose, l'empêchant de penser, l'entraînant sur la pente de la mélancolie, d'une folie ordinaire. Il faut du courage et du caractère à vingt ans pour s'arracher à un confort routinier dans ces temps troublés où, de surcroît, la femme autonome est une denrée rare. Une France déflationniste de 1932 avec un record de plus de quinze pour cent de la population active au chômage, cette France malade de la crise financière mondiale n'attend pas Marie Bruchard pour lui faire pont d'or ou place au soleil. Elle s'en doute, mais peu importe, elle suit son destin. Dans son plan, elle a décidé de prendre le premier train en partance, au hasard.

Six heures trente-huit, un omnibus part en direction d'Arcachon.

Dimanche 25 septembre 1932, Hagetmau est en fête. Les longues tresses châtain doré de Clémence remontées en chignon épinglé de deux papillons en tulle blanc passent sous l'étroit clocher-porche de l'église Sainte-Marie-Madeleine.

Flanquée d'une autre demoiselle d'honneur, elle accompagne, renfrognée, son père qui, après plus de huit années de solitude et de souffrance, s'unit à Jeanine Broustille sous les regards attentifs de saint Girons et de saint Sever, évangélisateurs de la Chalosse, dont les vitraux habillent le transept. Née d'une famille de gemmeurs connue dans le pays, Jeanine n'a pas vingt ans. Elle est la cinquième et dernière fille d'une famille de huit enfants, une construction bizarre, d'abord cinq filles puis trois garçons.

Clémence a du mal à accepter cette union. Elle ne l'admet pas à vrai dire, elle voit son père lui échapper. Elle reste dans la nostalgie macabre. Son père n'y est pas étranger. Depuis qu'elle est en âge de comprendre, il lui ressasse son histoire d'amour avec Amandine, sa mère, son intelligence, sa beauté, sa bonté et le voyage fatal. L'accident, la chute sur le quai, effroyable instant qui va dévier le cours d'une vie bien tracée. Petit à petit s'installe le ressentiment, terrible sensation de dégoût à l'égard de la famille Bruchard, de Marie, cause de son malheur. Elle a quasiment appris à lire avec les phrases du journal de sa mère ; des instants jetés sur le bonheur, l'entente, la complicité et l'affection. Jusqu'aux derniers mots écrits dans le train juste avant Morcenx, mots de soleil sur la joie de revenir dans son « chez-soi » et puis mots de brouillard, négatifs, sur une grande fatigue, due à son état bien sûr, mais aussi à l'enterrement de Rose, augmentée des délires nocturnes permanents de Marie, la jeune sœur difficile d'Amandine, l'empêchant de se reposer avant le triste retour.

Depuis, Clémence vit dans la rancœur, aux portes de la haine, malheureuse, avec deux manques, sa mère et son frère jumeau, et un éloignement programmé, celui de son père. Dès qu'elle a su écrire, de la main gauche, celle du cœur, elle a d'abord griffonné quelques mots maladroits sous des dessins d'enfant sans le soleil au coin en haut de chaque page puis, à partir du remariage de son père, à l'image d'Amandine, sa mère, elle commence à écrire son journal, à se construire, elle sait déjà qu'elle seule est maîtresse de son avenir. Elle a huit ans et demi, du caractère et ses propos, dénués d'une insouciance oubliée à la naissance, sont déjà noirs, rugueux, présageant une existence sombre dans la revanche et le combat. Le pardon n'existe pas, elle l'a décidé tôt, très tôt. Ni pitié, ni compassion, encore moins de miséricorde, Clémence porte mal son prénom.

Avant-guerre

-2-

Les crissements des freins de l'omnibus Bordeaux Arcachon se sont tus. Marie dort profondément. Il n'y a que la nuit où elle ne dort pas. Sa joue écrasée contre la fenêtre alerte le chef de gare qui, en tapotant contre la vitre, la réveille en douceur. Néanmoins la petite, hébétée, semble perdue dans ce nouveau monde. L'homme à la casquette et à la veste en drap noir s'en aperçoit. L'agent de la Compagnie des chemins de fer du Midi a la bonne cinquantaine, il est prévenant et après avoir écouté Marie lui dire son désarroi en papillonnant des cils, il fait mander un garçon de courses pour conduire sa nouvelle protégée chez sa sœur, non loin de là, près de la villa Pereire.

La pension de famille *Bon repos* aux grands volets bleu ciel ne donne pas sur l'eau, mais en traversant le boulevard, le Bassin est là, se déployant à une cinquantaine de mètres seulement. Un choc pour la gamine dont seules les forêts et les vignes peuplaient les rêves. Elle a bien vu la Garonne de près, mais c'était de nuit, pendant sa fuite, ses pensées étaient ailleurs. Gervaise, la sœur en question, est ravie de découvrir les talents de couturière de Marie. Moyennant des travaux de confection et de raccommodage, la nouvelle pensionnaire aura le gîte et le couvert dans cet endroit idyllique. Une aubaine. Ainsi commence la nouvelle vie arcachonnaise de la petite Bouliacaise, elle n'aura pas perdu de temps. Forte de son désir de changement, Marie s'investit dans l'affaire et ne tarde pas à se montrer indispensable dans la couture, sa spécialité. Elle accueille également les pensionnaires, leur faisant un brin de causette, indiquant les endroits à visiter et les restaurants à fréquenter, le tout dans une paisible célérité. Elle encaisse même les notes et devient vite la fille de la maison. Gervaise est veuve, sans enfant. Marie sympathise avec des familles habituées des bains de mer, des familles propriétaires de villas, des gens aisés coutumiers des grands hôtels de la station balnéaire à la mode, tel celui qui a reçu l'impératrice Sissi en 1890, le Grand Hôtel, bel immeuble au bord de la plage, reconstruit et agrandi après un incendie en 1906. En 1933, Marie se prend d'affection pour la petite Suzanne Keller, sept ans, dont elle a la garde de temps à autre quand son père, ingénieur, doit retourner à Paris pour affaires pendant que son épouse, elle, se repose d'une soirée ébouriffante ou d'un bain de soleil qui a trop duré, l'air marin est exténuant. Les deux complices prennent du bon temps à courir sur la plage, à apprendre ensemble à nager, à protéger leur corps face aux attaques des rayons solaires et surtout à découvrir la ville, ville d'été, ville d'hiver, prétexte à de longues promenades pendant cet été 33. Et les années passent en douceur: 1934, 1935… jusqu'aux congés payés apparus en France le 20 juin 1936 où alors là, changement de décor, « l'an 1 du bonheur » pour la plupart… grand chambardement dans les habitudes des uns, mais aussi des autres.

« Tagada tsoin-tsoin. Parti d'Ivry ou des Batignolles, le mot avait cahoté sur les chemins de fer d'Orléans, troisième classe banquettes bois, depuis la gare d'Orsay, pour échouer, début août sur la plage Thiers. Premier souvenir d'Éliane, à dix ans, toute dorée dans son maillot rayé. Les Parigots, blancs comme des poireaux, sautillant sur la grève en sous-vêtements. *On se les gèle, tagada tsoin-tsoin.* Rentrée à la villa, la petite fille étrenne la rengaine grand chic. Et prend aussi sec une calotte : que je n'entende plus ces mots-là, dit le grand-père[8]. »

La pension aux volets bleu ciel doit s'agrandir pour faire face à la nouvelle demande. La vie, durant l'été suivant, sans devenir plus compliquée, se révèle moins calme. « Bon repos » devient une litote. Non seulement il faut tout faire, mais pour le coup, la population est plus nombreuse et, à la limite, plus exigeante; l'accueil, les chambres, les repas et gardez le sourire.

---

8 Pascale Nivelle, *Libération*, 5 août 1996.

Marie revit. Ses peurs et angoisses nocturnes, sans être définitivement rangées dans les mauvais souvenirs, sont moins présentes, moins oppressantes. Elle l'écrit à sa famille des environs de Bordeaux avec laquelle elle est toujours restée en contact. Elle insiste pour qu'ils viennent la visiter, un logement est prêt pour les recevoir, eux non plus n'ont jamais vu la mer.

Et puis il y a Tristan, le cousin le plus âgé de Suzanne, un garçon blond au corps d'athlète, un Parigot, mais un Parigot chic. Lui, il connaît et apprécie le Bassin depuis plus de douze ans qu'il s'y rend avec parents et cousins. Marie le connaît depuis son deuxième été dans la station balnéaire, il était venu chercher Suzanne à la pension, une fin d'après-midi. Le coup de foudre a été réciproque et, suivant l'usage, platonique. Plus âgé de deux ans, il suit des études d'ingénieur à l'École nationale des Ponts et Chaussées de Paris, un futur constructeur. C'est sa vie privée qui va être sa première construction et pour cela il va théâtralement envoyer balader les réticences familiales dues à la différence de condition en déclarant haut et fort : « J'ai toujours rêvé d'un mariage morganatique. » Dont acte.

Le samedi 25 septembre 1937 à onze heures, le parvis de l'église Notre-Dame-des-Passes est parsemé de pétales de roses. Au sommet de la dune surplombant le quartier du Moulleau, Tristan Keller et Marie Bruchard s'unissent pour le meilleur et aussi pour le pire…

Avant-guerre

-3-

Avec sa nouvelle belle-famille, suite au remariage de son père, nulle entente possible pour Clémence, pas d'accointance, pas d'envie. Seuls les cousins Livrac, jumeaux d'une des sœurs aînées de Jeanine, la nouvelle femme de son père, trouvent grâce à ses yeux. Sept années la séparent pourtant de ces garçons, mais la petite a grandi plus vite que les filles de son âge, l'engrais de la souffrance sans doute.

Au mois de mars 1937, Clémence va avoir treize ans. La puberté est passée par là et à la fois son physique et son caractère lui donnent des airs de belle jeune fille revêche. Elle est impossible avec son entourage, n'obéit à personne et n'en fait qu'à sa tête. Ne l'apaisent que l'écriture de son journal et ses fréquentes rencontres avec les jumeaux. Ils sont charpentiers/menuisiers tous les deux et dans ce coin des Landes, le boulot ne manque pas. Dans leur famille, on n'a pas le choix, soit on est gemmeurs, soit on est charpentiers/menuisiers, c'est la tradition. Alors, après un apprentissage dès l'âge de quatorze ans chez LANDESBOIS, l'entreprise montoise, Alfred et Yves y ont poursuivi leur carrière pour exploiter et travailler le bois. Le 15 mars 37, un terrible coup de vent a donné une surcharge de travail à toute la filière. Les deux gaillards ont été dépêchés près de la côte où, associé à une marée d'équinoxe, le vent a provoqué d'importants dégâts.

Une absence passagère qui plonge Clémence dans une curieuse inquiétude. Un tourment jusque-là inconnu se fait jour. Une sensation de manque et une envie irrépressible de retrouvailles la tenaillent jour et nuit. Alfred, le plus grand des deux, lui manque. Elle a déjà entendu parler d'amour, mais dans les livres seulement. Elle a lu sans trop comprendre. Tout à coup, les récits énamourés lui parlent et, ajoutés à une nouvelle sensation physique, mélange d'oppression et de cœur qui s'emballe, ils dévoilent leurs secrets. À son étonnement, la médaille de son quotidien se retourne, occultant son côté sombre. Une révélation.

La différence d'âge ne la gêne pas, le chemin escarpé du début de sa vie a été assez formateur pour qu'elle envoie au diable louanges et scrupules. Ce n'est pas un sentiment de bien-être qui va la déstabiliser, au contraire. Volontaire et déterminée, cette découverte, au lieu de la déranger, l'inspire.

D'abord elle écrit à Alfred son trouble et son désir puis elle calcule. « La soumission ne paie pas » lui répète une petite voix venue d'on ne sait quel méandre de son cerveau.

Sciemment, elle ourdit un plan ; être de plus en plus insupportable pour s'ouvrir un espace de liberté. Vivre constamment dans le souvenir d'une mère icône est devenu trop cruel, la perfection n'existe pas, l'attitude de son père en est la preuve. Elle se met dans la tête d'agrandir la fêlure affective existante en se rendant imbuvable. Elle est forte, narcissique, elle le peut. Très vite, son père capitule, la paix de son ménage en est le prix. Méprisante, elle ne répond plus à ses injonctions, agressive, elle fait fi de son entourage, colérique, elle devient violente. Un conseil de famille restreint se réunit et décide d'une mise en pension immédiate au lycée Victor-Duruy de Mont-de-Marsan.

Elle a gagné. Sa manipulation a fonctionné. Elle va pouvoir s'extirper de son passé poisseux, enfin, essayer.

Pour la première fois de sa vie, Clémence se sent bien. Alfred lui répond par retour du courrier. Il n'est pas insensible aux charmes précoces de la jeune fille, cependant les qu'en-dira-t-on le retiennent de tout élan affectif. Peu importe, décide la nouvelle pensionnaire, plus question de badinerie, elle attendra une paire d'années et demandera son émancipation, là aussi, elle a appris la patience.

Et la paire d'années plus tard, survient la guerre.

La guerre

-1-

Le 1er septembre 1939, les puissants de ce monde n'arrivant pas à régler un problème de frontières à coups de cadastres décident de le résoudre à coups de bombes. Plutôt que de mettre au chômage quelque cabinet de géomètres, l'option est prise d'envoyer soixante millions de personnes au tapis. Le mariage d'Alfred Livrac et de Clémence Puyol ne peut être qualifié que d'excentrique en regard de la folie des princes. Alfred a vingt-quatre ans et Clémence pas encore dix-sept en ce mois de janvier 1941. Impliqués dans le mouvement de résistance communiste local, frondeurs, ils se marient sur la ligne de démarcation qui passe par Mont-de-Marsan, entre Roquefort et Saint-Sever. Avec son frère Yves, Alfred a retrouvé son entreprise LANDESBOIS après la débâcle de juin 40 et Clémence, le bac en poche à seize ans, prend la vie comme elle vient, dans une attente non programmée. Grande jeune fille au visage d'ange, elle n'envisage ni études ni enfants vu « l'état du pays », argumente-t-elle. Le pragmatisme n'est pas son moindre défaut. Petit à petit elle se laisse bercer par sa nouvelle position de femme au foyer sans perdre son mordant pour la défense du pays. La rancœur et l'agressivité d'avant-guerre au regard de son passé difficile sont rangées dans le rayon « caractères récessifs ». Son père, officier de réserve et engagé dans la marine, ne la reconnaîtrait pas, elle est apaisée. Elle minaude, cancane, se mêle à la population de sa nouvelle adresse à Andernos-les-Bains, lieu de résidence des employés de LANDESBOIS requis par l'Organisation Todt pour la construction du mur de l'Atlantique. Malgré les privations dues à la vie en zone occupée, son existence est légère, presque éthérée… jusqu'au jour où…

Il fait chaud, très chaud, en cette soirée de la fin du mois d'août 1942 et pourtant Clémence est emmitouflée comme en hiver, fiévreuse. Assise sur un banc près du casino Miami, elle a passé la journée enfermée et attend Alfred et Yves partis chercher des huîtres chez Lahaye, juste derrière. C'est dimanche et l'esplanade grouille encore de monde, mélange d'autochtones et de badauds des villes ne se résignant à quitter l'endroit qu'une fois le rougeoiement du soleil avalé par l'océan, là-bas, au loin, entre les passes. Les spectacles sont rares en ces temps ternis.

Elle a mis un bonnet de coton et l'écharpe enroulée autour de son visage laisse juste la place à son regard, tel celui d'une sentinelle derrière une meurtrière.

Et elle la voit.

Semblable à un fantôme sorti de son corps, elle voit son double. Le sosie, enceinte, tient par la main un petit garçon de quatre ou cinq ans. Il a du mal à marcher. Elle, à la dégaine caractéristique d'une femme en fin de grossesse, l'encourage : « c'est bien, voilà, bravo mon chéri, allez, on va jusqu'à la jetée et on revient en poussette, d'accord ? » Clémence se lève instinctivement et accompagne à distance le poussif ballet. Qui est la femme qui lui ressemble à s'y méprendre ? Elle veut se persuader qu'elle rêve quand une voix grave interpelle la mère et l'enfant : « Tu vois Marie, il fait des progrès, je te l'avais dit, déjà dimanche dernier, il marchait mieux… ça va aller mon amour, ça va aller… » En se retournant elle aperçoit un homme grand, blond, athlétique, marchant le buste penché en avant, les bras étendus, embarrassé par deux crêpes baveuses.

Marie, Marie ! Non, à sa ressemblance, il ne peut s'agir que de la sienne. Sa Marie, celle qui a empêché sa mère, Amandine, de se reposer avant son voyage de retour, celle qui a foutu sa vie en l'air, la seule personne qu'elle souhaitait ne plus jamais rencontrer, celle qu'elle avait réussi à effacer de sa mémoire, de son monde. Son démon est là, ressuscité, à quelques mètres d'elle. Tout remonte à la surface, bascule à nouveau dans le cauchemar, tout se mélange, ressentiment, vengeance, violence.

Mon Dieu, que l'équilibre est fragile !

Tristan Keller est ingénieur des Ponts. Il est, lui aussi, réquisitionné par les Allemands pour assurer la maîtrise d'ouvrage des blockhaus. Son entreprise, la société SAINRAPT ET BRICE, est *leader* sur le marché de l'ancrage par adhérence du béton précontraint, procédé de coulage qui en augmente la résistance. Elle apporte sans trop de réticence sa technique et son savoir-faire à l'occupant, d'autant plus qu'elle va bientôt installer un bureau d'études chez SIEMENS à Graz en Autriche. Tristan subit, il est logé à Andernos au 45 boulevard de la Plage, à deux pas de l'église Saint-Éloi, avec Marie et le petit Paul.

La guerre

-2-

Clémence se coupe les cheveux et ne sort presque plus de peur de rencontrer son image au détour d'une rue, chez un commerçant. Elle ne dort plus. Les cauchemars hantent ses nuits et elle ne cesse de voir sa mère pointant l'index vers elle, lui intimant l'ordre de punir Marie. Marie, par qui le malheur est arrivé, Marie, la destructrice d'un ordre programmé, Marie, à l'origine de sa vie de merde. Au bout du rouleau, elle se confie à son mari. Alfred la calme, lui conseille la paix, une rencontre, une explication, le pardon. Elle vacille, hésite, mais les treize années de conditionnement et de chaos ont raison du raisonnable. Elle doit faire souffrir Marie, ne serait-ce qu'un instant, la plonger dans la panique, dans la frayeur et encore, c'est un moindre mal. Elle le fera pour sa mère. Son père a été mis au pas, sa tante sera matée. Elle doit la faire fuir loin d'ici, loin de ses yeux, il faut qu'elle s'efface. Elle imagine alors l'enlèvement de l'enfant…

Oui, mais voilà, lorsqu'elle kidnappe Paul, le 21 septembre, elle est loin de s'imaginer que le petit est atteint d'une maladie rare, une maladie génétique. Habitant à l'écart, dans une zone isolée près de La Mutuelle, l'immeuble des colonies de vacances, son intention est de garder l'enfant une bonne huitaine dans un chai et de le relâcher nuitamment, ayant éprouvé les nerfs et le mental de sa mère, de surcroît enceinte. Si elle ne comprend pas ce premier avertissement, elle élaborera une nouvelle action plus destructrice, mais jamais fatale, lui a fait promettre son époux. Or, il se trouve que l'après-midi de l'enlèvement, au fond du local aéré par un simple vasistas, le gamin, ensuqué, est pris d'une forte fièvre. Il a un traitement, mais Clémence ne le sait pas. Elle met ça sur le compte du stress et peut-être de la température de l'endroit. Elle administre à l'enfant les médicaments habituels pour faire tomber la fièvre. Rien n'y fait, Paul sombre dans le coma en milieu d'après-midi. Elle est seule, elle s'affole. Filer à la pharmacie et demander un traitement de cheval pour un enfant, alors qu'elle n'en a pas, signerait sa forfaiture. Les gosses ont souvent des poussées de fièvre ahurissantes, elle se rassure. Mais dans ce cas de maladie, non, rien n'y fait. Un gant frais sur son front brûlant, elle lui parle, le réconforte, il ne l'entend plus. Il est parti de l'autre côté de la conscience, de cette conscience stupide qui fait parfois dérailler les plus sensés, qui fait s'étioler les plus robustes. Impuissante, elle assiste à l'agonie du petit et épouvantée, à son décès en fin de soirée.

Effondrée, elle réalise l'impensable qui fait d'elle une meurtrière.

Le temps n'est plus à l'apitoiement, lui assène Alfred, de retour du chantier près de la Pointe, au Cap-Ferret, il faut agir et agir vite. Encore tiède, le corps de Paul est mis dans une bâche imperméable. Le plan des deux frères est de l'enterrer sous la piste qu'ils sont en train de construire. Clémence ne peut qu'accepter ce pis-aller et les tripes nouées elle voit partir le sinistre convoi. Bien que le chantier soit gardé, ils sont connus et au prétexte de livrer des planches manquantes pour les coffrages, ils vont déposer le petit corps dans la nuit, loin du planton, près du futur blockhaus, là-bas au bout de la dune.

Demain il sera sous une dalle de béton, recouvert de chaux vive et personne n'en saura rien, jamais.

Et personne n'en a rien su. Jean Decosse, le responsable BTP, a coulé le béton sur les armatures en acier, les vingt-deux centimètres réglementaires avant de passer à la prochaine plaque, dernière étape avant la construction de l'abri anti-invasion proprement dit, encore appelé casemate ou bunker ou blockhaus suivant le camp dans lequel vous vous trouvez.

Il fait gris ce mardi 22 septembre, les vents ont tourné à l'ouest, l'automne s'annonce.

Dans le cœur de Clémence, c'est déjà l'hiver.

La guerre

-3-

L'affaire de la disparition de Paul Keller est vite classée ; zéro témoin, zéro indice, zéro piste. Marie est dévastée. Elle quitte la maison maudite et retourne chez Gervaise, sa maman arcachonnaise, en face, dans la pension *Bon repos* où en guise de thérapie, assise sur un banc en pierre devant le Bassin, elle couche sur un cahier et d'une écriture appliquée son existence aventureuse et la récente tragédie de sa vie. Une vie qui reprend le dessus avec l'arrivée de Viviane le 15 octobre.

Tristan, sur la brèche, la rejoint quand il peut, le travail et ses engagements occultes l'empêchent de trop penser.

Le temps passe et, du côté d'Andernos, Clémence se reconstruit péniblement. Paul Keller hante ses nuits, le sentiment d'avoir tué un enfant ne la lâche pas. Pire qu'un enfant, un fils. Un fils qu'elle aura, peut-être, un jour prochain. Chacun subit la guerre à sa façon. Dans chaque recoin, on sait qui fait quoi sous des airs de faux-semblants. On sait que l'entreprise TÉLORIÉ fricote avec le « casque à pointe » et que Decosse n'est pas le dernier servi. On sait que Grelot, le boucher, sous ses airs d'incorruptible, vend sa viande sous le manteau sur un marché plutôt sombre. Il se dit que les jumeaux Livrac traînent des pieds dans leur boulot, « ils font, dit Jean Decosse à sa femme Olga qui le répète au boucher, de la résistance – sans jeu de mots – à l'avancée des travaux sur le littoral ». Résistance, le mot est prononcé. Dans l'esprit du maçon malveillant, les deux Landais ont à voir avec des sabotages fréquents créant des problèmes d'approvisionnement et retardant ainsi la réalisation du projet « mur de l'Atlantique ». Le natif d'Andernos fait ami-ami avec les deux frères, rentre dans leur intimité. Clémence n'aime pas Decosse. À la première rencontre, en femme intuitive, elle s'en méfie, contrairement aux garçons qui vont se faire piéger, arrêter et déporter en juillet 1943 avec deux cent cinquante autres résistants appartenant à l'OCM. Decosse n'a pas donné les deux cent cinquante, mais il a trahi Alfred et Yves, c'est certain, sa réputation de collabo se construit.

Clémence n'a plus qu'une solution, fuir et se cacher.

Eh bien non, elle change d'adresse et relève la tête. Elle a du caractère et le montre en s'engageant dans la résistance anglaise (SOE) dirigée pour le secteur par Roger Landes, chef du réseau *Actor*, de son nom de guerre Aristide. Là, dans l'action, elle oublie son obsession, Paul.

Nous sommes en août 1943 et elle n'a pas dix-neuf ans.

Au sein du réseau, sa forte personnalité, son courage et son sens de l'organisation démontrent son implication. Elle est naturellement affectée aux opérations aériennes, parachutages et réceptions d'agents, le tout coordonné par un jeune inspecteur de police stagiaire au commissariat d'Arcachon, Christian Campet, alias *Lancelot*. Recherché, il échappe de justesse aux services de renseignement et de répression allemands dirigés par Friedrich Dohse. Cependant, de nombreuses arrestations déciment son groupe, parmi lesquelles celle de Clémence, alias *Colette*, arrêtée pour faits de résistance par les services du commissaire Poinsot et livrée à la Gestapo à la fin du mois de juillet 1944. Ironie du sort, Tristan, l'époux de Marie, est arrêté ce même mois de juillet, un peu avant cependant, il fait, lui aussi, partie du réseau *Actor*. Il finira à Auschwitz, n'ayant pas lâché un nom.

Là, dans le bâtiment qui fait face au château des Tours, le QG du KDS[9] au Bouscat, avenue du Maréchal-Pétain, aujourd'hui avenue de la Libération, Clémence est littéralement massacrée par Friedrich Dohse en personne et ses sbires de la section IV (Gestapo). L'ancien chômeur, entré dans la police en 1933, interroge en premier toute personne arrêtée. C'est ainsi,

9 Antenne régionale de la police de sûreté allemande et du service de sécurité de la SS.

établi par un ordre de service. Bien que ne portant jamais l'uniforme, il est sous-lieutenant. Il ne supporte pas de ne pouvoir détricoter le maillage de Roger Landes, il a retourné Grandclément et d'autres. Ce réseau *Actor* lui donne du fil à retordre et il n'a de paix ni de cesse qu'il ne le démantèle, c'en est devenu une obsession. Alors il s'acharne sur Clémence, lui brise la jambe et la hanche gauches à l'aide d'une barre de fer. Comme rien ne sort de la bouche de la jeune femme malgré la violence de la douleur, il la laisse passer la nuit à même le carrelage après lui avoir labouré le ventre et enfoncé les côtes à coups de chaussures ferrées. Le lendemain à l'aube, c'est Künesch qui prend le relais. Künesch, un nazi de la première heure, lieutenant de la ss, tortionnaire, responsable en titre de la lutte contre les maquis, il n'y va pas par quatre chemins. N'obtenant rien de la prisonnière après avoir cogné sur les fractures de la veille, il lui broie d'abord la main droite, tout le monde doit être droitier dans son monde. Puis, méthodiquement, le nazi commence à lui défoncer la figure à coups de poing et de cravache, lui éclatant au passage lèvres et arcades sourcilières. Il termine le travail par un coup de matraque sur le nez, réduisant l'appendice à l'état de charpie. Pas un mot, pas un nom, mais des râles effroyables envahissent l'espèce de cachot insalubre. Le ss n'en revient pas de la force et de l'abnégation de cette jeunette pissant le sang. À bout d'arguments, ivre de colère, il lui jette à la face un flacon de vitriol. Dans un ultime réflexe, Clémence détourne le visage sur la droite. Elle hurle, son côté gauche fume, sa peau crépite, son œil se dissout. Les mains liées dans le dos, elle s'écroule, attachée à sa chaise, sur les carreaux tavelés de sang et de bave, son crâne heurtant violemment le sol en céramique.

Künesch sort de la pièce.

Qu'en aurait-il été si Amandine, sa mère, avait pu se reposer la nuit suivant l'enterrement de Rose, à Bouliac, le 20 mars 1924 ?

Le calvaire

-1-

Laissée pour morte et promise à un avenir plus que précaire à sa sortie du fort du Hâ, le 28 août 44, Clémence Livrac commence une longue, très longue période de reconstruction et de réadaptation. Son état physique est lamentable, elle doit sa survie aux bénévoles de la Croix-Rouge. Les fractures se réduisent comme elles peuvent, elle claudique et les chairs disloquées se raccommodent en désordre, sans harmonie. L'anarchie règne sur son physique. Son moral est au plus bas et pourtant, dans le flot des revenants des camps, elle fait partie des privilégiés. Oui, des privilégiés, car au milieu des fantômes d'Auschwitz et des ombres de Ravensbrück, elle paraît en bonne santé et ça, elle ne peut l'imaginer. Elle se plaint d'être mise à l'écart et c'est Christian Campet, tout juste affecté à la surveillance du territoire (DST), qui vole à son secours. Quand il la revoit défigurée, son *Lancelot* pleure.

Il l'aide à récupérer armes et bagages dans sa dernière demeure andernosienne et la fait loger à Bordeaux par la mairie dans un appartement confortable en centre-ville, au rez-de-chaussée à cause de son handicap, près de la basilique Saint-Seurin. Tout cela se fait vite grâce au jeune député de Gironde, fraîchement élu, Jacques Chaban-Delmas avec qui Campet est lié grâce à leur engagement commun dans la Résistance.

Clémence peut à nouveau écrire, lire et même étudier dans des conditions matérielles satisfaisantes. Les cahiers se remplissent, les notes prises s'accumulent, sans douleur apparente, dans une ambiance musicale apaisante. Sensibilisée par son mentor et seul ami, l'opéra est le nouvel univers dans lequel elle peut dorénavant travailler avec sérénité. La puissance tragique de ce monde lyrique lui colle à la peau, puissance des sentiments, tragédie de la guerre, elle y trouve sa place.

Tellement à raconter et tellement à apprendre.

Une horreur subsiste néanmoins au fond de sa mémoire, une rémanence indélébile, Paul Keller. Un déchirement revenant comme une antienne, une culpabilité à fleur de peau, comment vivre avec ?

Christian Campet, toujours aux petits soins, lui indique un chirurgien plastique pour envisager d'abord une rhinoplastie puis une chirurgie maxillo-faciale, le paraître en priorité, *Mens sana in corpore sano*, lui rabâche le policier. Pour la boiterie, des séances chez le kiné, programmées de longue date apportent de très légères améliorations, « il fait du bon boulot, le pauvre » avoue-t-elle, mais « il faudrait recasser » selon lui. Hors de question, elle fera avec.

Malgré la gratuité des interventions, Clémence préfère obtenir sa licence d'Histoire avant de s'engager dans des « Travaux d'Hercule », comme elle aime à le dire d'un ton dépité non dénué d'humour. Cependant, depuis la fac, le regard des autres lui est devenu insupportable. Sa ou ses difformités l'empêchent de donner suite à son admission à l'IEP de Bordeaux. En cours de première année, en 1949, elle jette l'éponge. Elle est trop différente, la différence qui gêne, la visible, de plus, l'image de Paul agonisant ne la quitte pas, du repos est nécessaire.

Ainsi soit-il, elle en profite pour passer sur le billard.

Sans être embryonnaire, la chirurgie esthétique des années 50 se concentre sur l'essentiel ; des oreilles à recoller, un nez à redresser, une peau à tirer, des cernes à dissimuler ou un sein à remonter.

Après avoir reconstitué un vague nez, condamné trois doigts de la main droite et posé un œil en verre sans pouvoir réinventer cils et sourcils, le docteur Merchaud avoue son impuissance devant le labour provoqué par le vitriol sur le profil gauche de Clémence. Et pourtant il faut faire quelque chose, chaque passage devant un miroir est un moment d'intense chagrin, une brûlure permanente. D'ailleurs, chez elle, rien pour renvoyer l'écho de son image, pas même à la salle de bains, rien, le reflet est banni.

Seule solution, la prothèse. Prothèses de joue et d'oreille qu'elle enlève le soir.

Où est la vraie Clémence Livrac, la jolie jeune fille si volontaire, celle qui a voulu simplement faire sa vie avec un vaillant charpentier, loin du tumulte des villes et des conflits guerriers, celle qui s'est extirpée, avec violence, d'un passé dévorant, celle qui ne baissait jamais les bras même dans des situations extrêmes ? Oui, où est-elle ? Cette fille n'existe plus. À la place, un ersatz, un masque, un jeu de lego à l'apparence de diable avec dans la tête une complainte, la complainte d'un gosse en train de mourir…

Alors Clémence Livrac va disparaître.

Le calvaire

-2-

« Tu as la joue toute lisse, madame, c'est du vrai ou du faux ? »

Cette réflexion, sortie sans calcul de la bouche d'une fillette dans la salle d'attente du dentiste devant une mère ne sachant plus où se mettre, fait mourir Clémence Livrac et naître Colette Joulisse.

Colette, son surnom de résistante et Joulisse, de la réflexion de l'enfant.

Autre nom, autre histoire. Un déménagement plus tard et Colette Joulisse atterrit en monde inconnu, dans le Béarn où elle trouve un poste de professeur d'Histoire-géographie dans une école chrétienne, le collège Sainte-Ursule de Pau.

Autre nom, autre femme. Du physique avantageux de Clémence au regard de sorcière de Colette, de la jeune fille écorchée à la femme déterminée, la bascule est radicale. Le nouveau professeur est résolu à faire sa loi dans la rigueur, l'obéissance et la soumission, gare aux rebelles ! La joie n'a plus de place dans son monde, seuls de rares plaisirs la connectent encore à la réalité, l'opéra, les coups de fil fréquents de Christian et l'alcool, elle s'y noie quand rien ne va plus.

Bien malin qui pourrait reconnaître Clémence Livrac sous les traits de Colette Joulisse.

Sa vie se déroule à la manière d'une moniale de Port-Royal, sans fantaisie, réglée par les coups de la grande horloge du collège et la pitance réclamée par ses chats. C'est une bonne enseignante, respectée, aux chahuts inexistants. Malgré ça, tous les soirs, à l'heure d'ôter ses prothèses, le passé resurgit, terrible et nauséabond. Elle a pu dire l'indicible à son ami, mais elle ne peut oublier l'inoubliable, le gamin, la traîtrise, la torture. « Comment reconstruire sur des déchets ? » ressasse-t-elle à Christian Campet.

« Demain est un autre jour » est écrit à la craie blanche sur une ardoise accrochée à sa porte d'entrée. Tous les matins en partant et tous les soirs en rentrant, elle s'injecte la maxime comme une drogue. Dérisoire artifice qui pourtant joue son rôle et l'aide à tenir bon.

Jusqu'au jour où…

Le calvaire

-3-

Jeudi 14 septembre 1972. C'est la rentrée des classes sous l'ombre bienveillante des grands conifères, des habitués de ce rite. Présents dans le parc depuis la fin du dix-huitième siècle, ils observent le long bâtiment symétrique avaler chaque classe à un rythme militaire, comme affamé après plus de deux mois de jeûne.

Colette Joulisse est le professeur principal des 6e D. Sa réputation l'ayant précédée, la moindre mouche est vite repérée. Avant de faire l'appel, comme à son habitude, debout sur l'estrade, elle explique aux élèves sa façon de travailler et ce qu'elle attend d'eux. La lourde silhouette bringuebalante rehaussée de ce puzzle de chair et de silicone impressionne les nouveaux. « Vous verrez on s'y fait » rassurent les anciens. Malgré cela, le premier contact est rude.

Et l'appel commence : Abibal, « présent » répond immédiatement un petit rouquin comme si de la rapidité de sa réponse va dépendre la qualité des relations futures avec l'enseignante. Ils répondent tous très vite en fait, une espèce de contagion réflexe due à la crainte inspirée par ce professeur inquiétant. Colette a appris à jouer avec cette réticence, sans l'amuser, ça la rassure.

Debuil, « présente », Decosse, « présente », et là… un blanc… ou plutôt, un noir… Colette recule vers le bureau, y prend appui maladroitement et se laisse tomber sur la chaise. Un nouveau silence s'installe, un silence insupportable, lesté de plomb. L'atmosphère de la classe a quelque chose d'irréel, de surréaliste ; jusque-là d'une rigueur quasi militaire, flotte à présent une ambiance champêtre. Colette, les yeux dans les arbres du parc à travers la fenêtre entrouverte, a l'air de s'intéresser aux ébats de deux merles au bec jaune qui roulent de la gorge tandis que la classe, tendue, n'ose pas un soupir. Dix minutes sans bouger, dix minutes sans broncher, c'est long pour des enfants de onze ans, des élèves certes, mais des enfants qui ne sont pas obligés de comprendre ce qui se passe dans la tête des adultes. En l'occurrence, il s'en passe des choses. Au bout de dix minutes, Colette Joulisse, le professeur principal de la classe de 6ᵉ D, assise à son bureau, en haut de son estrade, reprend, autoritaire : Dortin, un « présent » bondit…

Son premier cours est décousu, sans rythme, elle ne cesse de penser à ce nom, pour elle dévastateur. Elle espère l'homonymie et, à l'interclasse, se précipite pour consulter le dossier de l'élève : père, Jean Decosse, mère, Viviane Decosse née Keller, la famille habite à Lescar à la périphérie de Pau.

Marina Decosse est donc l'étincelle qui réanimera le bûcher.

Mais qui va se consumer? Car après un instant de panique, curieusement, la quadragénaire se reprend. Le choc provoqué par ces retrouvailles, au lieu de l'abattre et de la plonger à nouveau dans des tourments, produit l'effet inverse. Tout ce qu'elle a accumulé comme frustrations et souffrances s'est transformé en venin au cours des années, sans qu'elle le sache. Le professeur principal va profiter de la présence quasi permanente de cette adolescente fragile et malléable pour en faire sa chose dans un but de revanche, comme elle avait mis au pas son propre père et sa belle-mère avant la guerre pour obtenir son émancipation. L'idée d'une possession lui a tout de suite sauté à l'esprit dès l'émotion première évanouie. C'est son heure.

Elle ne préviendra pas Christian Campet.

Si la vengeance est un plat qui se mange froid, le sien sort du congélateur.

Le calvaire

-4-

Avant d'envisager la moindre action, Colette se rappelle qu'il faut étudier le terrain. Le souvenir de préparatifs soigneux précédant une quelconque opération de résistance lui revient en mémoire. Elle n'a rien oublié de ces heures tendues, intenses, excitantes. Alors elle applique la méthode. Elle va voir où la petite habite, prend la ligne de bus qui l'amène au collège, note les habitudes de la mère, du père, se renseigne sur leurs boulots respectifs, leurs pôles d'intérêt, bref, elle joue les détectives privés. Cela lui prend un bon trimestre, le premier. À l'attaque du deuxième, début 1973, Colette est prête à passer à l'acte, en douceur, sans vague, telle la naissance d'un volcan dans les abysses de l'océan, annonçant un tsunami.

Ses tripes ont été mises à l'épreuve lors de la traditionnelle rencontre avec les parents. En tant que professeur principal, elle ne pouvait se soustraire à l'exercice. Elle l'a revu. Grossi mais prenant soin de sa ligne, elle l'a reconnu instantanément. La réciproque étant impossible, il s'est montré sous son jour habituel, hâbleur, sûr de lui, grande gueule, il n'a pas changé d'un iota, lui, le traître, le salopard responsable de sa tragédie et de nombreux autres drames à coup sûr. Viviane, la mère, effacée, subit et ne dit rien. Elle boit les paroles de son homme, opine du bonnet en continu, émettant des petits sons répétitifs agaçants. Colette trouve l'attitude du couple exaspérante et se fait violence pour ne pas les envoyer paître.

Elle aurait, à la limite, de la compassion pour cette pauvre femme, faible de son point de vue, et surtout sœur du petit Paul, l'enfant agonisant dont l'image ne la quitte plus. Mais à qui la faute ? Pas ou du moins plus de la sienne, le temps a fait son travail. Si son couple n'avait jamais mis les pieds à Andernos, Alfred n'aurait pas été envoyé à la mort à cause de cette ordure de Decosse et rien de tel ne serait arrivé. Elle sait qu'avec des « si », on mettrait Paris en bouteille, mais le destin vient lui apporter sur un plateau d'argent une arme. Une arme fatale, ce sera Marina.

Son intention, amadouer les parents. Son but, démarrer un travail de sape de longue haleine pour s'approprier leur fille unique.

Une cible parfaite, pas particulièrement vulnérable ni malade, mais en proie à des interrogations sur un secret de famille que ses parents lui ont caché. Le « donne bien la main à maman, je t'expliquerai plus tard » que répétait sa mère sonne mal aux oreilles de Marina qui voudrait savoir. Chaque fois qu'elle demande une explication, la mère reste muette. Du père, pas question d'en obtenir non plus, il n'est au courant de rien concernant le frère de sa femme, il sait simplement qu'il est mort jeune. Comment ? Il s'en moque, il se fout des états d'âme des uns et des autres, il ne fait que passer chez lui en coup de vent entre déplacements, maîtresses et repas d'affaires. Il s'est marié à une jeunette de vingt-sept ans de moins qui avait un beau cul, pour le reste…

Marina aimait beaucoup sa grand-mère Marie. Marie, la fameuse Marie aux cauchemars fréquents, Marie la maman de Paul, disparu quasiment sous ses yeux, Marie partie il y a cinq ans rejoindre son garçon dans l'au-delà sans jamais parler à sa petite-fille de son drame. Colette s'engouffre dans la brèche et, après une phase de séduction, commence à couper les uns après les autres les liens de Marina avec son entourage, l'encourageant à se confier et qualifiant d'inadmissible sa mise à l'écart de ce mystère. Elle se pose en protectrice, en réparatrice, en ange gardien.

Une posture caractéristique d'emprise. L'emprise c'est la négation du désir de l'autre, c'est faire de l'autre sa chose et Marina voulait seulement être aimée.

Une nouvelle entité dominante-dominée se forme alors dont la relation n'obéit qu'aux règles imposées par le professeur principal, une espèce de dictature émotionnelle. La pensée de Marina est asséchée et elle devient au cours des années un objet de consommation, ignorée dans sa personnalité, démolie sur le plan narcissique. Le paradoxe dans cette affaire est que la jeune fille ne se sent pas prisonnière et a plaisir à retrouver sa manipulatrice. Les parents trouvent finalement l'enseignante sympathique, attentive aux résultats de la petite, toujours prête à l'aider gracieusement et ne comptant pas son temps. Rassurés, ils se reposent entièrement sur Colette Joulisse. Ça leur va très bien.

Seule une intervention extérieure aurait pu mettre fin à la manipulation, mais la mollesse de la mère ajoutée à l'absence du père n'avait aucune chance d'inverser la tendance. Marina glisse jour après jour, insidieusement, dans une dépendance qui se veut aimante et confortable, dénigrant touche par touche son entourage proche. Marina se sent enfin aimée, digne d'intérêt et elle parle. Elle parle de ses parents lointains, de sa solitude, de sa grand-mère adulée, « la seule à s'intéresser à moi » répétait-elle à l'envi. Une grand-mère à l'existence mystérieuse dont la vie est « un pathétique récit » selon Viviane, sa mère, d'après ses cahiers conservés dans une malle et que Marina ne sera autorisée à lire que « quand tu seras plus grande » précisait-elle, agacée, lorsque la petite devenait trop curieuse et « si tu continues à m'énerver, je vais tout foutre à la poubelle et c'est tout ce que tu auras gagné » continuait-elle presque hystérique.

Alors Marina se taisait.

Très vite, totalement dominée et asservie, une fois son cerveau lavé, elle gobe tout et entame, grâce aux cahiers qu'elle sortait un par un en catimini, un processus de régression dans les pas de sa grand-mère, un voyage au bout de la nuit qui débouchera sur sa présence le 21 septembre 1992 au sommet d'une dune, près d'un blockhaus en bascule.

Près de vingt ans de conditionnement l'amènent sur les lieux où Clémence Livrac, enfin libérée, lui dévoile l'endroit où repose le fils adoré : « je sais où est ton fils » et « c'était le 21 », ne cessait de répéter Colette à Marina, en transe, pauvre marionnette dans la peau de Marie, sa grand-mère.

Colette Joulisse savait que Decosse allait revenir sur le Bassin pour s'occuper de sa fille, hospitalisée, la tête à l'envers, c'était le minimum qu'il pouvait faire. Ce fut un jeu d'enfant pour l'ancienne résistante, formée au combat, d'endormir puis d'étouffer ce salaud de vieux collabo, « un instant de jouissance extrême au moment où il a compris », note-t-elle en marge.

L'affaire aurait pu en rester là si ce trublion de Grelot n'avait pas fait son intéressant. Robert Grelot était au courant du rôle de Jeannot Decosse dans la collaboration. Sa première femme, Olga, se plaignait sans le dire, lors de ses visites chez le boucher, de son implication grandissante dans l'Organisation Todt. Le zèle déployé par le salarié de l'entreprise de BTP laissait redouter le pire pour sa jeune femme. « Elle en est morte de honte » confessa son père, effondré à l'enterrement, tandis que le Jeannot en question avait déjà pris ses cliques et ses claques pour respirer ailleurs un air plus doux après la Libération.

En parallèle, il était aussi connu de certains, comme Clémence à l'époque, que le boucher d'Andernos faisait plus qu'arrondir ses fins de mois avec le double marché, le noir et celui avec l'occupant. Son patrimoine immobilier d'après-guerre le prouvera. Le sang de la *Callas* n'a fait qu'un tour quand elle l'a entendu pérorer au *Pacha* la veille de sa convocation au commissariat de Castéja ; trop c'est trop, elle a voulu lui faire fermer sa gueule définitivement, après tout, il le méritait bien. Elle a seulement changé de mode opératoire pour embrouiller les pistes. Ses deux erreurs furent de ne pas avoir pris en compte les progrès de la médecine légale avec la découverte du résidu de Lexomil dans le crâne du macchabée et surtout, l'erreur fatale d'avoir laissé sortir Gédéon, le grain de sable qui a enrayé la belle mécanique, le petit bout de fil que les enquêteurs ont déroulé pour retrouver sa piste.

« Je la voyais tous les jours jusqu'à l'obtention de son diplôme universitaire, puis j'ai espacé nos rencontres à jour passé, puis tous les trois jours, etc. À partir du moment où j'ai décidé de venir m'installer à Andernos pour faire des recherches et finaliser ma vengeance, je lui ai demandé de me téléphoner d'une cabine téléphonique pour ne pas rompre le lien. Jusqu'à créer le manque insupportable nécessitant sa venue sur le Bassin. Discrètement, nous nous voyions tous les jours sur la plage ou dans la forêt. C'est ainsi que je l'ai amenée sur la fameuse dune plusieurs fois avec ma vieille 4L. À force, elle connaissait parfaitement le chemin. Elle a pu s'y rendre toute seule avec le bus la veille du fameux jour et être ainsi sur place le 21 septembre, au même âge exactement qu'avait Marie quand le petit Paul a disparu, à trente ans. Par la grâce du ciel, Marina a fait en sorte qu'il soit retrouvé cinquante ans plus tard. Moi-même, je ne savais pas où il se trouvait précisément, « sous la piste, près du blockhaus n° 2 », avait laconiquement laissé tomber mon mari, Alfred, écœuré par ce qu'il venait de faire. Pourtant j'ai cherché, rampé, creusé à me démolir ce qu'il reste de ma pauvre carcasse. Mais, alléluia, il y a un bon Dieu, on l'a repéré et le petit ange a pu être déterré et accueilli dans une digne sépulture. Cela seul m'importait. Dorénavant, nous pouvons, toutes les trois, faire notre deuil », écrit-elle dans son dernier cahier.

Oui, son deuil à elle aussi, elle était au cimetière lors de l'inhumation du petit corps, isolée sous un voile noir parmi les rares bigotes.

Rappelez-vous, Léonard, congelé, était resté dans la voiture moteur en marche, sur le parking, au soleil, derrière l'église. On aurait gagné du temps, à quelques degrés près.

Clémence Livrac aura mis cinquante ans pour devenir folle.

Épilogue

Gédéon s'étire sur la chaise en osier, dehors, devant la rambarde de la terrasse. De ma position de lecteur, avachi dans ma chaise longue, je me fais la réflexion que sa quatrième patte, virtuelle, est bien à l'horizontale, seulement un peu plus haute que les autres. Elle me cacherait presque l'Île aux Oiseaux. À le côtoyer, j'oublie son handicap. On s'habitue à tout. Comme les élèves de Colette Joulisse et les familiers de la *Callas*, tous se sont habitués à son visage ravagé, et pourtant les dernières années elle avait jeté ses prothèses à la poubelle. Alors oui, pour moi Gédéon a quatre pattes et il s'étire comme un bienheureux à l'inverse de la marée qui, elle, se rétrécit et permet aux mouettes d'avoir pied.

Un animal qui s'étire a quelque chose de communicatif, on a envie de faire pareil, comme lui, je m'étire, ça me fait du bien. Il fait un temps splendide ce matin, le soleil d'avril prend de la vigueur et Sylvia a tenu à ce que je lui lise le récit d'une traite, ici, devant le sable, « c'est toi l'auteur et l'acteur, le mieux placé pour me raconter l'histoire, une histoire de grain de sable en plus » elle a insisté. J'ai cédé, comme d'habitude, et j'ai lu.

Sylvia est ma première lectrice, auditrice je dirai. À la fin de la lecture, après un long silence ponctué par de nouveaux étirements de Gédéon qui se doute lui aussi que le récit est fini, je la regarde et lui souris. Un sourire de lassitude, tendre et fatigué, épuisé par les épreuves endurées par mes héroïnes, hélas bien réelles. Il me faudra un peu de temps pour me remettre de mes six semaines d'immersion, par paliers, pareil au plongeur de grands fonds.

« En fait, elle a été sincère et honnête toute sa vie, la pauvre femme, soupire Sylvia encore troublée. Le diable s'est caché dans son géniteur, car manipulée et conditionnée par son père dès son enfance dans la haine et le rejet de Marie, la sœur de sa femme chérie (elle regarde devant elle, le regard lointain, vers Arcachon, elle remonte le plaid sur ses épaules). Clémence a finalement opéré de manière identique sur Marina, la petite-fille… en la faisant régresser jusqu'à se prendre pour Marie, sa grand-mère. La pauvre gamine a cristallisé les ressentiments de trois générations, de la décadence de Rose pendant la Première Guerre mondiale à la décrépitude de Clémence en passant par le calvaire de Marie (elle se tourne brutalement vers moi, inquiète). Et à propos, elle va s'en sortir la petite Marina ?

— Écoute, dès que j'ai compris le topo, j'ai appelé Angot tu t'en doutes… Il se doutait de quelque chose de ce genre avec les références continuelles que fait encore Marina à cette fameuse madame Joulisse pendant son sommeil, mais elle n'en parle toujours pas une fois réveillée… Comme je l'ai écrit dans mon rapport, dans ce cas d'espèce, l'intervention extérieure est fondamentale pour détacher le sujet sous emprise. Ça prendra du temps m'a-t-il dit, mais elle ira de mieux en mieux, il en est certain, d'autant plus que « sa voix maléfique n'est plus ». Quant à d'éventuelles séquelles, le temps le dira, a-t-il conclu.

— Tant mieux, tant mieux… mais en réfléchissant bien, dit Sylvia se touchant le menton, en fait sans Marie, la sœur insomniaque, pas d'histoire, pas de drame.

— Oui, à quoi cela tient ! En effet, sans ses angoisses nocturnes de gamine, disons que Decosse et Grelot seraient toujours en vie, sans rien enlever à leur caractère… opportuniste on va dire, pour être gentil. Finalement, j'aurais pu appeler mon texte “De l'éducation des enfants”, mais ça fait un peu pompeux, tu ne crois pas ?

— C'est sûr, elle dit en rigolant. Déjà que Plaziat te prend pour un poète, si en plus il te colle l'étiquette de philosophe, tu vas finir ministre de la Culture. »

Pendant qu'on se marre tous les deux, un toussotement discret nous interpelle près de la petite barrière symbolique sur le côté. C'est le voisin. Il doit partir pour la journée à Bordeaux, une histoire d'examens médicaux pour sa femme. Il vient nous demander de garder Jipsy, son épagneul, pour la journée. C'est Sylvia qui prend l'initiative :

« Pas de problème, monsieur Lacaze, elle s'entend bien avec Gédéon (elle se retourne vers moi et d'un air faussement sévère), mais tu la promènes là devant… pas question que tu ailles sur la dune, on ne sait jamais ce que tu pourrais nous ramener.

Dans quelques jours, j'irai porter les précieux cahiers à la clinique du docteur Angot.

Allez savoir, si Marina lisait enfin l'histoire de sa famille ?

Une histoire de femmes et d'hommes simples mise à mal par les soubresauts de coïncidences, en l'occurrence néfastes, prises dans les tenailles d'événements dramatiques pour l'humanité.

Certains passent à travers, d'autres pas.

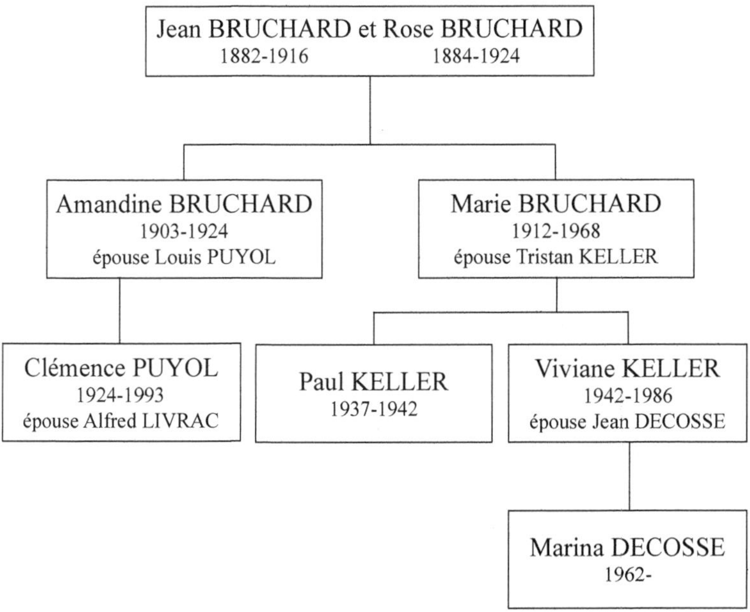
Jean BRUCHARD et Rose BRUCHARD
1882-1916 1884-1924
Amandine BRUCHARD
1903-1924
épouse Louis PUYOL
Marie BRUCHARD
1912-1968
épouse Tristan KELLER
Clémence PUYOL
1924-1993
épouse Alfred LIVRAC
Paul KELLER
1937-1942
Viviane KELLER
1942-1986
épouse Jean DECOSSE
Marina DECOSSE
1962-

DANS LA COLLECTION

1-Alarme en Béarn, Thomas Aden, 2013
2-Trou noir à Chantaco, Jacques Garay, 2013
3-Coup tordu à Sokoburu, Jacques Garay, 2013
4-Estocade sanglante, Jacques Garay, 2014
5-Ultime dédicace, Thomas Aden, 2014
6-Gaz in Marciac, G.D. Noguès, 2014
7-Notre père qui êtes odieux, Violaine Bérot, 2014
8-De la blanche sur le Somport, Claude Casteran, 2014
9-Les gens bons bâillonnés, Jean-Christophe Pinpin, 2014
10-Ville rose sang, Stéphane Furlan, 2014
11-Le 9 bordelais était chargé, Éric Becquet, 2015
12-Mourir à la San Fermín, Alejandro Pedregosa, 2015
13-L'assassin était en rouge et blanc, Poms, 2014
14-Requiem à Donibane, Jacques Garay, 2015
15-Abattez les grands arbres, Christophe Guillaumot, 2015
16-De chair et d'oubli, Karline Nivet & Pascal Suhard, 2015
17-Sans jeu ni maître, Stéphane Furlan, 2015
18-J'aurai ta Pau, Cesare Battisti, 2015
19-Balles perdues à Moliets, Maxbarteam, 2015
20-Un, deux, trois, sommeil !, Gilles Vincent, 2016
21-Pas d'orchidées pour Miss Armagnac, G.D. Noguès, 2016
22-Du pin et des larmes, Philippe Mediavilla, 2016
23-Estouffade à Guéthary, Jacques Garay, 2016
24-Coup de piolet, Juliette Manet, 2016

25-Palombes, tursan et sale ami, Maxbarteam, 2016
26-Nous n'irons plus au bois, Philippe Lescarret, 2016
27-Toutes taxes comprises, Patrick Nieto, 2016
28-Jeux de dames, Philippe Beutin, 2016
29-Le sang de la forêt, Serge Tachon, 2017
30-Mandrake ne peut pas mourir, Daniel Contel, 2017
31-Ras la coquille en Amikuze, Jacques Garay, 2017
32-Riquet m'a tuer, Yves Carchon, 2017
33-Galeux, Bruno Jacquin, 2017
34-Ça flingue sur la Grande Boucle, Maxbarteam, 2017
35-Chemin de croix, Poms, 2017
36-Y a plus d'enfants !, Jean-Jacques Cripia, 2017
37-Blanc sec et série noire, Philippe Lescarret, 2017
38-Sans homicides fixes, Thierry Benoît, 2017
39-Euskal barbecue, Aitor Behro, 2017
40-Implantés, Stéphane Furlan, 2017
41-Mauvaise passe pour le 10, Éric Becquet, 2017
42-Quand passent les chocards, Michel Brome-Tonne, 2017
43-Croix blanche sur fond blanc, Antoine Léger et G.D. Noguès, 2017
44-Éthique de l'assassin, Maxime Sanous, 2018
45-Sous les pavés la jungle, Simone Gélin, 2018
46-L'œuf de la haine et de la vengeance, Pierre Olhagaray, 2018
47-Les douze sales polars, Collectif, 2018
48-Les vieux démons, Yves Carchon, 2018
49-Ils vont tous mourir, Raphaël Grangier, 2018
50-Noir Vézère, Gilles Vincent, 2018
51-Musique de chambre close, Serge Tachon, 2018
52-Superman ne volera plus, G.D. Noguès, 2018
53-Le cocu sort du nid, Maxbarteam, 2018
54-Le mort est dans le pré, Patrick Caujolle, 2018
55-Erreurs d'aiguillage, Philippe Beutin, 2018
56-L'affaire Jane de Boy, Simone Gélin, 2018
57-Léon et les jambons, Jacques Garay, 2018
58-Flic de papier, Guy Rechenmann, 2018
59-L'ombre des derniers Cathares, Alain Roumagnac, 2018

60-Funestes randonnées, Patrick Nieto, 2018
61-Retour de lame, Philippe Mediavilla, 2018
62-L'heure de notre mort, Philippe Lescarret, 2018
63-La fille du port de la Lune, Simone Gélin, 2018
64-Les pêcheurs de sable, Serge Nicolo, 2018
65-Fausse Note, Guy Rechenmann, 2019
66-Otage en réanimation, Pierre Sagnet, 2019
67-Truc Vert, Simone Gélin, 2019
68-Peine maximum, Gilles Vincent, 2019
69-Le Dali noir, Yves Carchon, 2019
70-Vies et morts de Marco Mariotti, Régis Tomàs, 2019
71-Le syndrome de Louhossoa, Jacques Garay, 2019
72-Amères pilules, Pierre Olhagaray, 2019
73-Fallait pas enterrer un épouvantail, Renaud Talavera, 2019
74-Barcelone aller simple, Jacques Lavergne, 2019
75-Quand disparaît la Dame, Maxbarteam, 2019
76-Nuit tragique à la feria, Philippe Lauga, 2019
77-L'envol de la chauve-souris albinos, Michel Brome-Tonne, 2019
78-Le dernier dinosaure, Pierre Willi, 2019
79-Nuit bleu marine, Philippe Lescarret, 2019
80-Corrompu, Patrick Nieto, 2019
81-Le chat du Marcadieu, Jean-Luc Cochet, 2019
82-La femme parfaite, Patrick Caujolle, 2019
83-Des larmes d'or et de sang, Éric Dupuis, 2019
84-Adieu Lola, Simone Gélin, 2020
85-Le sanctuaire des destins oubliés, Yves Carchon, 2020
86-La victime raisonnable, Serge Nicolo, 2020
87-Une étoile en enfer, Guy Rechenmann, 2020
88-Violence, Philippe Charrac, 2020
89-Dieu, le diable et le boucher, Alain Roumagnac, 2020
90-Le venin d'Hippocrate, Éric Dumont, 2020
91-Camargue blanche et série noire. Jacques Lavergne, 2020
92-Tambour tuant à Donostia, Jacques Garay, 2020
93-Le silence des abîmes, Philippe Lauga, 2020
94-Quand hurlent les hyènes, Bruno Jacquin, 2020

95-Olagarro, Ludovic Bouquin, 2020
96-La cure arrive à terme, MaxBarteam, 2020
97-Guet-apens, Jean-Louis Farvacque, 2020
98-Moktar, Jérémy Bouquin, 2020
99-Neige écarlate, Anne Waddington, 2020
100-Sang pour cent dans le noir, Collectif, 2020
101-Brive-la-Galère, Marie Wilhelm, 2020
102-Le phare des âmes perdues, Rose Penn, 2020
103-Le journal de Julia, Simone Gélin, 2020
104-Alice doit mourir !, Diego Arrabal, 2021
105-La punition de l'océan, Daniel Contel, 2021
106-La tour des enfants perdus, Pierre Willi, 2021
107-Le clodo des Carmes, Pierre Dabernat, 2021
108-Ce pays qu'on assassine, Gilles Vincent, 2021
109-Du sang sur la stèle, Poms, 2021
110-À la place de l'autre, Guy Rechenmann, 2021
111-Déviance, Philippe Charrac, 2021

Abonnez-vous à la newsletter

Vous souhaitez être averti(e)
des parutions en exclusivité,
bénéficier d'offres spéciales, etc. ?

Abonnez-vous, gratuitement
et sans engagement, à notre newsletter
en nous retournant le coupon ci-après.

Rejoignez-nous vite et n'hésitez pas
à inviter votre entourage.

Vous pouvez également suivre notre
actualité sur Facebook et Instagram :
#Du noir au sud

Je désire recevoir gratuitement le catalogue
de la collection Du Noir au Sud des Éditions Cairn.

Nom

Prénom

Adresse

Code Postal Ville

Pour encore plus d'offres et d'infos
être averti(e) des parutions des polars
et autres ouvrages, ainsi que de l'actualité Cairn,
indiquez votre adresse e-mail :

E-mail

Bon à compléter et à retourner par courrier postal
ou mail à l'adresse suivante :

Mise en page et suivi de fabrication
Atelier Graphique Cairn
Achevé d'imprimer en février 2021
par CIRP
pour le compte des Éditions Cairn
14 rue des Bruyères - 64160 Morlaàs
Tél. : 05 59 27 45 61 Fax : 05 59 98 84 89
communication@editions-cairn.fr – www.editions-cairn.fr
Dépôt légal : mars 2021